できることならスティードで

加藤シゲアキ

朝日新聞出版

できることならスティードで

contents

装丁・本文写真　著者
装丁　緒方修一

できることならスティードで

Trip 0

キューバの黎明

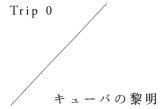

舗装されていない路地に並ぶ鮮やかな旧車の数々。強い日差しがボンネットに反射し、思わず目を瞑《つむ》ってしまう。街のいたるところにチェ・ゲバラやカストロの息遣いが残っていて、どこからともなく葉巻のかぐわしい煙とラムのまったりとした甘い芳香が漂ってくる。わずかに聞こえるクラベスやコンガの陽気なリズムと、そこに交じる潮騒。軽快なサルサに身を委《ゆだ》ね、僕は思わず身体を揺らす――

知らず知らずのうちにキューバへの憧憬は募り、まだ訪れたことのない土地なのにそのような光景が僕のなかに浮かんでくる。

高校生の頃からチェ・ゲバラに心酔し、映画『ブエナ・ビスタ・ソシアルクラブ』に感化されて同名のＣＤに聴き惚れ、成人してからはモヒートに病みつきになった。やがて小説を書くようになり、休日には釣りをする自分がヘミングウェイに興味を持つのも自然な成り行きだった。そうして僕はいつからか、キューバへの旅を夢みるようになった。

とはいえ、日本のほぼ裏側に位置するカリブの島へ足を運ぶことはけして容易《たやす》いことではなく、現実的ではなかった。しかし二〇一五年の夏、突如アメリカがキューバとの国交正常化を表明した。まだまだ先だと思っていたこの出来事は、それこそ現実とは思えなかった。

自分の思い描いていたキューバの景色は、数年のうちに変わってしまうかもしれない。だとしたら今行くべきだ。行動しなければ、いつまで経っても夢は現実にはならない。二国間の雪解けにそう教えられたような気がして、僕は急いで二〇一六年の元日の航空券を購入し、単身でキューバへと向かった。

四泊六日分の服と、フィルムカメラを幾つか、そしてヘミングウェイの『日はまた昇る』をトランクに詰め込み、羽田へと向かう。キューバの旅のお供に持っていくなら『老人と海』か『誰《た》が為《ため》に鐘は鳴る』の方が相性はいいが、前者は既読だったし、『誰が為に鐘は鳴る』は今回の旅には長すぎた。それでたまたま家にあった『日はまた昇る』を持参したわけだが、この選択が奇跡的なものであったことはのちにわかる。

トロントを経由してハバナに降り立つまでおよそ十七時間。元日の午後七時前に飛んだにもかかわらず、到着したのは現地時刻の午後十時で、人生でもっとも長い元日を過ごした。空港からホテルまでのおよそ三十分、少なからずすれ違った車はやっぱりどれもアメリカの旧車で胸が躍る。

翌朝、現地のコーディネーターS氏とロビーで合流し、旧市街へと足を運んだ。S氏曰く、「旧市街は『浅草』で、そこにあるオビスポ通りは『竹下通り』みたいな感じ」だそうだが、まさにその通りだった。快晴の空の下で新鮮な街並みを何枚もレンズに収めた後、〝トリップアドバイザー〟で人気のレストランでランチをとる。「ごはんの案内が一番困る」とS氏は言うが、注文したシーフードグリルとコングリ（豆と米を炊いたローカルフード）はなかなかいけた。それからヘミングウェイが足繁く通った「ラ ボデギータ デル メディオ」と「フロリディータ」という二つのバーへ寄った。「ボデギータ」には「モヒートはボデギータ、ダイキリはフロリディータ」というヘミングウェイ直筆の文字が掲げられているが、確かにこれまで飲んだどこのものよりうまかった。ホテルで一眠りしてから深夜にジャズバーへと出向き、一時間ほど地元の有名なサクソフォン奏者の演奏に耳を傾ける。キューバのジャズは歯切れが良くて、それでいて味わい深く、とても心地よい。翌日もS氏とともに、モロ要塞から『老人と海』の舞台となったコヒマル（残念ながらテラス軒にサンチャゴはいなかった）、そこからさらに東のサンタマリアというビーチへ行き、波打ち際で海水に足を浸した。気持ちのいい水温だった。あまりに透明度が高く、もっと全身に浴びたいと思うものの、それはまたの機会にする。夜は若者に人気のナイトスポットに向かったのだが、工場を改築して作ったというクラブはアートギャラリーとライブスペースが一緒になった、キューバとは思えないほどファッショナブルな空間だった。昨晩よりも自由度の高いジャズと前衛的で勢いのあるアートは僕の感性を十分に刺激した。

最終日は低気圧の影響で天気がひどく悪かった。この日はひとりで行動する予定だったので、午前中は部屋で土産用のラムをストレートで呷《あお》りつつ、持参した『日はまた昇る』を読んで雨が止むのを待つ。しかし一向に止む気配がなく、とりあえずタクシーに乗って再び旧市街へと出向いた。ハバナクラブ博物館で降り、ぐるりと一周して外に出ると雨はさきほどよりも強くなっていた。しかたなく併設されているバーでモヒートを注文し再び『日はまた昇る』を読み始めると、開いた十六章でも雨が降っていて、そのシンクロに思わず笑ってしまった。

天気が落ち着いたところで、再び旧市街を散策する。「オビスポ通りは『竹下通り』」でも、一歩裏手に入ると、そこはインフラの整っていない汚れた路地で、さすがにこれを「裏原宿」と呼ぶわけにはいかなかった。野犬がうろつき、生ゴミの臭いが鼻をかすめ、人々が旧車の修理をしている。これが本来のキューバの姿なのだろう。少し先の中華街はさらに生活の気配が色濃く、花屋が多いのが印象的だった。

翌朝五時にホテルを出て空港へ向かう。まだあたりは暗く、街灯が少ないこともあって夜空には数え切れないほどの星がきらめいていた。手続きを済ませ搭乗を待

つ間、ようやく『日はまた昇る』を読み終えた。顔を上げると、奇《く》しくも窓から朝日が差し込んでいる。それは本のタイトルと同様の光景であったが、作品とは全く異なるものを僕は感じた。ヘミングウェイの『日はまた昇る』には、繰り返す日々のやるせなさ、虚しさが込められている。しかしこのとき、大きな窓の向こうにある広い空に浮かんだ太陽は、キューバの黎明《れいめい》を告げるものに思えた。アメリカとの国交回復により、この国はきっと変容していくだろう。街並みが変わってしまう寂しさはあるが、キューバの人々にとって輝かしい前途であることを切に願っている。そして彼らが活き活きとしている限り、僕のなかにあるこの国への憧憬が霞むことはない。

さて、旅はとても満足のいくものだった。しかしキューバにはまだまだ魅力的な場所があるそうだ。一級のリゾート地バラデロ、古都トリニダー、昔ながらの街並みが残るサンティアゴ・デ・クーバ。再びこの国を訪れることを夢みて、このエッセイの末尾をあえて『日はまた昇る』と同じにさせていただく。

——面白いじゃないか、そう想像するだけで——

Trip 1

大阪

スポーツで気持ちのいい汗を思いきりかいたあとにシャワーで全てを洗い流したくなるみたいに、24時間テレビのメインパーソナリティの役目を終えた僕は大阪に向かっていた。

二〇一六年の夏、僕は24時間テレビドラマスペシャル『盲目のヨシノリ先生〜光を失って心が見えた〜』の主演を任され、ひたすらそれと向き合っていた。およそ二ヶ月、役どころである実在のモデル、新井淑則《よしのり》氏に没入するため、台本や資料を除いて他のあらゆる「物語」、テレビドラマや小説、舞台や映画などは一切見ずに、この作品に注力していた。

放送終了後、僕は枯れかけた花に水を与えるように、見たかった映画や読みたかった小説などを一気に漁《あさ》った。しかし舞台に関してはすでに東京公演が終了しているものも多く、悔しい思いをしていた。そんな折、かつての共演者が、今自分の出演している舞台が素晴らしいので是非観てほしい、と連絡をくれた。残念ながらその舞台も仕事で東京公演に行けなかったのだが、ならばいっそ大阪まで足を運んでみようじゃないか、と普段は滅多に発揮しない行動力を奮い立たせ、スケジュールを調整して大阪の公演を観に行くことにした。

というのは建前かもしれない。本当はどこか遠くへ行きたかっただけだということを薄々感じている。そうでもしなければ、僕はこの激しかった夏に引っ張られ続けてしまう気がした。

大阪で観た舞台は、女性にも性交渉にも興味のない大学生があるきっかけで娼婦ならぬ娼夫として身体を売り、その体験を通してあらゆる悦《よろこ》びを体感し、大人になっていく、というストーリーだった。裸の役者たちが舞台で性交渉を演じる様は過激で、身も心も剝《む》き出しの芝居は観客をハードな世界へと連れていく。

そんな舞台体験をしたあと、誘ってくれた役者やその仲間たちと近くのホルモン焼肉の店に行った。出演者のひとりが気に入っている店だそうで、昨晩も来たという。

　ガード下にある一見雑然とした店なのだけれど、アットホームな空気感と香ばしい匂いがたまらない。おそらく家族経営なのだろう、接客をする女性二人の顔が似ている。典型的な大阪のおばちゃんたちといった具合で、「なんやのあんた、また来たん」「まぁうちはうまいからな」とそっけなく、でもどことなく嬉しそうに言った。

　運ばれてきたカルビやハラミ、タン、ミノ、テッチャンなどの肉は濃いめのタレで味付けされており、臭みはなく、それどころか焼けた脂の香りが鼻に抜ける瞬間は思わず唸《うな》ってしまうほどだった。加えて噛めば噛むほど肉の中から旨《うま》みが溶け出し、甘辛いタレもあいまってとにかく美味《おい》しい。

「舞台どうだった？」

「素晴らしかったよ。一観客として引き込まれたのもそうだけど、みんな役者としても体当たりでやってて。揺さぶられた」

そんな言葉を口にしながらも、実のところ僕は心ここにあらずだった。あのような舞台を観たからか、ホルモンの持つ独特のいやらしさが僕を摑《つか》んで離さなかったのだ。

ピンクがかったミノは火が通るほどにゆっくりと反り上がり、白い脂に覆われたシマチョウは脂をだらだらと滴らせ、真っ赤なレバーはただそこにあるだけで卑猥だった。どれもぬらぬらと鈍い光を放ち、艶《なま》めかしく、淫らですらあった。

沖縄の方では豚の内臓を、中身などと呼ぶが、ということは肉は対照的に外皮となる。つまり内臓は、外側からは簡単に覗《のぞ》けない、奥に秘められた中身というわけだ。ならば外皮を剥いて中身を取り出すという行為は、服を剥がして裸体を晒《さら》すようなものとも言え、その禁忌的とも思える一連が僕に妙な官能性を感じさせているのではないか。ホルモン。

あの舞台に出演する役者がここに通うのもうなずける。淫猥なものを披露したのち、ホルモンを摂取する。アウトプットとインプット。理にかなっているような、いないような。

翌日、大阪から東京に戻った。舞台を観てホルモンを食べるためだけの小旅行は、なんだかおかしな気分にもなったけれど、いいリフレッシュになった。

帰りの新幹線で、京都駅から二人の芸妓《げいこ》とその師範と思《おぼ》しき年配の女性——師範がいるならまだ修業中の舞妓だろうか——が同じ車両に乗り込んできて、僕のすぐ斜め前に座った。柄の入った黒の着物に身を包む二人の化粧は、赤と白のコントラストが強く、しかしその二色の境界線は薄らと桜色で、可愛らしい。一方で襟足から覗くうなじの二本足と塗り残しは首筋をすらりと長く見せ、色っぽさが映えていた。そんな幼さと妖艶さを同居させる二人の芸妓は、背筋をぴんと伸ばし、背中の帯が潰れないように座席に浅く座っていた。彼女たちの横顔に見とれつつも、僕の方は昨晩飲みすぎてぐったりしていて、自分のだらしない格好を整えることができない。

僕が品川で降りるまで、彼女たちは一度も姿勢を崩すことなく、背中が背もたれにつくこともなかった。昨夜の舞台に続きプロの仕事を見せつけられ、せっかくすっきりしたはずなのに、自分も早く帰って仕事を頑張らねばという焦燥感に襲われる。

品川で降りなかった彼女たちは東京駅で降りることになる。そこから地方へ向かうことも考えられるけれど、果たして彼女たちとこの師範——すっかりそう決めつけている——はどこへ向かうのだろう。

東京のお客様がいるのか、とまず思った。馴染《なじ》みの客から依頼があり、京都から駆けつける。もしくは東京でテレビの仕事かもしれない。テレビで〝噂の美人芸妓〟などとして取り上げられてもおかしくないほど二人とも綺麗だった。しかし、だったら現地で着付けと化粧を済ませた方が、より美しい姿を披露できるのではないだろうか。あえて完成した形で新幹線に乗り込む意味や必要性があるとしたら一体なんなのだろう。

品川の改札を出てからもそれが気になって、答えなどわからないのにしばらく考え込んでしまった。

結局落ち着いた結論はこうだった。これは一種の修業であり、通過儀礼であり、卒業試験。京都から舞妓として実家に帰り、両親にその姿を見せ、師範がこんなことを言う。

「京都からこの姿で来たんどす。立派になられました。これなら十分芸妓としてやっていけると思いますぅ」

二人とも二十歳がらみだったので、そろそろタイミングだ。両親は涙ぐみ、師範の手を握って感極まる。「本当にありがとうございました」

かくして二人は立派に独り立ちする。めでたしめでたし。

となると、三人一緒にそれぞれの家に行くのだろうか。師範には役割があるが、そこが実家ではない方の舞妓はただの第三者で、さぞ居心地が悪いに違いない。もしかして二人は姉妹？　いやそうは見えなかったけれど、真実はいかに――。

大阪から戻った数日後、あるテレビ番組でメンバーと女装対決をする仕事があり、奇《く》しくも自ら芸妓に扮して写真撮影をすることになった。当時女形の歌舞伎役者であった市川春猿（現・河合雪之丞）氏をゲストに迎え、メイクや着付け、仕草の指導までしてもらうというなんとも本格的な内容だった。

あの二人の芸妓が頭の中で「できるもんなら、やりはったら？」と僕を挑発する。

白粉《おしろい》は直接肌に塗らない。まず鬢付油《びんつけあぶら》を、白粉を塗る部分の肌にペタペタと叩《はた》いていく。力士が髷《まげ》を結う際に使うあの鬢付油である。その工程がなければ地肌の色が透けて綺麗に発色しないという。

後に調べたのだが『常用字解』によると、「化」という漢字のつくりである「匕《か》」は、人が逆さまになっている様子で、死者を表している。「化」は生気を失って変化すること、またすべてのものは変化しながら生と死を繰り返すことから、「しぬ、かわる」の意味に繋《つな》がっているとのことだ。「粧」の字は外面を飾って新しい霊を迎えるという意味だそうで、訓読みの「よそおう」とは、他の人格のようになることだそう。

また、日本の化粧の起源は、現在確認されているところによると三世紀後半の古墳時代に埴輪《はにわ》に赤い化粧を施したのがもっとも古いものだと聞いたことがある。呪術としての化粧であり、霊的な意味合いが強い。

テレビや雑誌の撮影では性別も年齢も問わずメイクをするのが基本だ。しかし肌の綺麗な十代のうちは必要がなければメイクをされなかったり、自ら断ったりする人も多い。僕はというと、芸能の仕事を始めた小学六年生の頃からメイクを好んでお願いしていた。メイクをする男たちにプロっぽさを感じて憧れていたのもあるけれど、メイクをしてみるともっと内面的な、自分が自分でないものになれる、憑依《ひょうい》のような、確かに霊的な感覚があった。

その感覚は今でも変わらない。もともと引っ込み思案の自分が堂々と人前に立てるのも、少なからずメイクのおかげだ。化粧はあなどれないほど内面に変化をもたらす。日本人がハロウィンではしゃぐのはそういった感覚に由来するのではないだろうか。

芸妓姿になると自ずとそれっぽく動けた。艶やかな仕草がなんとなくできる。それにしゃんとする。きっと化粧の効果に違いない。これだったら僕も新幹線、背もたれに寄りかからず東京まで来られるかも、と思ったけれど十分もせずに肩が重くなってしんどい。あの人たち、やっぱりすごい。さすが独り立ちできるだけの力量がある。

鬢付油から白粉、紅まで塗った自分を全身鏡で見たとき、僕は思わずミルクレープを思い浮かべた。幾重にも重なった層。それは皮膚の下にも続いている。筋膜、筋肉、そして内臓《ホルモン》。細かく分ければ無数にある。

身体のもっとも表層にある皮膚のさらに上に、化粧で新たな層を作る。そしてそのときどきに違う素材で塗り替え、自分ではない誰かになったり、自分をより自分らしく見せたりする。とはいえ、化粧をすればどんな仕事でもオートマティックにこなせるわけではない。表層の下には土台となる深部がある。芸妓の人たちの日々の積み重ねが深部を形作り、上質な表層を生み出し、その上に化粧を纏《まと》うからこそ、彼女たちは真に美しいのだ。

じゃあ自分の奥はどうだと、鏡を見ながら服を脱ぐように一枚ずつめくっていく。その作業はけして楽ではなく、痛く、苦しい。ほかのものの中身なら官能的に思うくせに、自分の中身は目を背けたくなる。

この感覚は初めてではなかった。何度も経験しているものだった。

外面から内に向けてめくっていく作業というのは、物を書く行為そのものだ。ミルクレープを一枚ずつ剝がしていくようにじっくりと内面に迫り、自分の見せたくない、隠したい場所を見つけて刺激しなくてはいけない。奥深くに秘めた感情や感覚に触れ、新鮮なものを探し、丁寧に取り出して、お客様に提供する。とても大変な作業だけれど、読者は僕と同様だいたいスケベで中身を見たがるからしかたない。

僕は塗っては剝がして、剝がしては塗ってを繰り返している。そんな風にミルクレープを作ったらぐちゃぐちゃになりそうだけど、今のところ何とか形になっている。

そういえば昔からミルクレープを一枚ずつめくって食べるのが好きだった。せっかくの食感は台無しだけど、でも僕はそういうのをやめられないみたいだ。

Trip 2

釣行

初めて釣りをしたのは十歳かそのあたりだったと思う。世は空前のバス釣りブームで、マンガやゲームでも釣りを題材にしたものが頻出し、僕もそれらに触れた。もともと昆虫採集が好きだったのでそれなりに狩猟本能が強かったのだろう、釣りに興味を持つのは自然な流れだった。バス釣り好きの父の友人から釣り道具を一式いただいたのもきっかけのひとつだった。プラスチックのケースいっぱいに入ったカラフルなルアーを見たとき、僕はきっと、多くの女性がショーケースにずらりと並べられたジュエリーを見るのと同じ瞳の輝きをしていただろう。釣りに行く予定もないのに毎日のように駐車場でルアーを投げる練習をしたのは懐かしい思い出だ。

しかし釣りはやはり魚を釣ってこそだ。僕の釣り人生が始まるのはまだ先のことである。

釣り道具が揃ってしばらくしてから、父や友人とバス釣りへ何度か出かけてみたが、残念ながら一度も、一尾も釣れず、魚の引きというのを一切味わうことができなかった。あの頃で覚えている引きといえば、近所の濁った池でスルメを使って釣ったザリガニくらいである。

それでも僕は不思議なことに釣りを嫌いにならなかった。むしろ子供なりに、「いつか必ず魚を釣る！」と使命感に燃えた。

二十歳になり、僕は再び釣りに行く機会を得た。出演した舞台のスタッフ・N氏に、熱海の海釣り公園で釣りをしないかと誘ってもらったのだ。

一月の寒く曇った日だった。それでも釣り人は多く、まだ新年の賑《にぎ》わいがかすかに残っているようだった。

その日の獲物はアオリイカだった。やや地味に思えるが、その釣法《ちょうほう》は随分とトリッキーなものだった。

まず針を活きた鯵《あじ》の尾のあたりに引っかけ、海に放ってイカがかかるのを待つ。

ここまでは一般的な餌《えさ》釣りと同じだが、イカが魚にかかってもすぐには釣れない。イカは鯵の頭に食らいつくと、抱きかかえたまま岩場など安全な場所に引っ張っていく習性があり、そこでゆっくりと身を食べ始める。その間、釣り人はじっと待ち続け、イカが餌を食べるのに夢中になった頃を推し量ると、いよいよヤエンを準備する。ヤエンとは長いワイヤーの先が、傘の骨のように数本くるりと返った掛け針のことだ。まずこのヤエンを竿先から出ている道糸に引っ掛ける。そして手を離すとヤエンは道糸を辿ってイカのもとへと滑っていく。やがて鯵を食べるイカに当たり、驚いたイカはその場から逃げようとするのだが、その際にヤエンの先についた針に引っかかる仕組みである。そこでようやく糸を巻き、アオリイカを釣るに至る。なんとも手間のかかったものに思えるが、その釣法に伴う駆け引きと興奮がたまらず、熱狂的なファンが多い。

しかし僕はそのような釣法があることを知らず、手順の複雑さに戸惑った。餌の鯵を海に放ってもすぐに反応はなく、何もせずにただぼうっとしていた。

しかし数時間後、その長閑《のどか》さに一気に緊張が走った。

今でも鮮明に思い出せる。僕の竿先が突然ぴくぴくと揺れ、「イカが餌の鯵を追いかけているのかも」と言われたのもつかの間、リールからジーッと音が鳴り、糸が繰り出されていく。湧き溢《あふ》れる高揚感を抑え、鯵に食らいついたイカがどこかに隠れて留まるのを待つ。そして出ていった糸が止まると、イカが鯵を捕食するイメージを浮かべる。

「ヤエン、そろそろかな」「そろそろだとは思うけど、シゲが思うタイミングで入れな。釣るのは自分だからね」「うん」

そっと糸にヤエンを設置し、手を離す。ヤエンはモノレールのように海の中へと滑り落ちていき、やがて見えなくなる。

僕は祈るようにその先を見つめていた。その時間はとても長く感じられた。

こんっ、とヤエンが何かに当たった感触がする。その瞬間に大きく竿を振り上げ、イカにヤエンを引っかける。竿先が弓なりにぐっとしなると、イカの重みがしっかりと手に伝わった。逃《バラ》さないように集中しながら糸を巻いていくと、きらきらと輝く透明のアオリイカが海面近くに現れた。

網で掬《すく》うと僕は力が抜けてその場に倒れこんでしまった。それほど重くなかったはずなのに手が震えていた。

墨を吐きながら触腕を振り回すアオリイカを、まじまじと見つめる。自分が想像していたよりも大きく、一キロぐらいはあると仲間は言っていた。擬態するためか、体色がぎゅるぎゅると変わっていく。

「シゲ、もってるなぁ」

結局その日、当たりがあったのは自分だけだった。周りの釣り人から拍手が鳴る。僕は照れながら頭をぺこぺこと下げた。

N氏が慣れた様子でイカを摑《つか》み、目のあたりに拳をパンと当てた。すると変化していた体色はすっと真っ白になった。こと切れたのがはっきりと見て取れた。魚が絞められた瞬間だった。

そのイカは持ち帰って調理した。YouTubeでイカのさばき方の動画を探し、見よう見まねでそれに倣《なら》う。どうにか食べられる状態になるまで、ゆうに一時間はかかった。

イカの刺身は歯ごたえはしっかりしつつも舌触りはなめらかだった。ゲソはバター醤油《しょうゆ》で炒める。大雑把な味つけがむしろ最高で、ビールがすすむ。余った身を数日後に食べると、同じイカとは思えないほど柔らかくなっていて、旨み甘み共に猛烈に濃かった。

そしてなにより楽しいのは、食べるたびにあの興奮が蘇ることだった。

この釣行《ちょうこう》の帰り、N氏が「次はボートで釣りしよう。お金はかかるけれど釣果も堤防でやるより安定するし、また違った気持ち良さがあるから」と早くも僕の前に釣り糸を垂らした。二ヶ月後、僕はまんまとそれに食いついた。

ところがその釣り、普通ではなかった。なんと丸一日、一日というのは朝から夕方を指すのではなく、実際に二十四時間釣りをするというのだ。というのも一緒にいくのが事務所の先輩で釣り好きの大野智氏だったからである。忙しい合間を縫っての釣行なので、なるべく長い時間釣りがしたいという彼の願いを叶《かな》えてあげるための決死の計画だった。

普通ならあまりの長時間に断わってしまいそうだが、若かったのもあって僕はその誘いにのった。そうしてN氏と大野氏、そしてボートを運転する船長と四人で午後三時、東京湾へと繰り出した。

前回とは違って春先のよく晴れた日だった。まだ寒かったものの潮風は暖かく、波がほど良く立ち、海水は東京とは思えないほど澄んでいた。遠くに見える富士山には雪が残っており、穏やかな太陽の光が海面を跳ねるように反射していた。

この日は餌釣りではなく、ルアーフィッシングだった。バス釣りに代表される、魚などの形をした疑似餌を動かすことで小魚《ベイト》に見せかけ魚を釣る方法だ。海水の場合だとシーバスや青物などが一般的なターゲットだが、大きい獲物ならばマグロやカンパチなどもルアーで釣れる。

まず青物を狙う。早速イナダの群れにあたり、入れ食い状態だった。ヤエン釣りのときとは違って慌ただしく、あまりの興奮で「海釣りやばい！」とうっかり先輩にタメ口で話しかけてしまうほどだった。

夜になると、岩礁などで静かに身を潜めている根魚《ねざかな》にターゲットを変えた。カサゴやメバルなどが釣れたのだが、戸惑ったのはギンポと呼ばれる短い穴子のような魚が釣れたときだった。この辺りでは数も少ない上、ルアー釣りでかかるのは珍しいそうだが、実は昔から江戸前の天ぷらのネタとして重宝されている食材だという。こういった予想もしないことが起きるのも釣りの醍醐味のひとつだと知る。

翌朝からはシーバスを釣っていたのだが、昼頃から風が強まり次第に釣りにならなくなったので、午後四時に港へと戻った。気づけば二十五時間、海の上にいた。

ボートから陸地にあがると地面がぐらつく。疲労も限界だった。しかし僕と大野氏は口々にこう言い合った。

「気持ち的にはまだやりたかったっすね」「あと五時間はできたな」「もうすでに釣りにいきたいっす」

そんな僕らを見てN氏は言った。

「二人とももってるねぇ」

このもってるは前回とは意味が違う。船酔いなどせずに、そして飽きずに海で遊び尽くせる体力を指している。

つまり僕は、釣りに関して運と体力を持ち合わせ、そして釣りを飽きずに楽しめ

る才能を持っているということになる。

かくしてこの二度の「もってる」が僕を完全に調子に乗せ、釣りバカに仕立てあげてしまった。

しかしはっきりここに記述しておく。釣りにおいてビギナーズラックは、ある。その後の経験からしても断言できる。実際僕が連れていった釣り初心者たちも、初日はいい釣果で帰ることがほとんどで、天候などの面でも本当に運があると実感する。せせこましい考えだが僕はその運に便乗するため、あえて初心者を連れていったりする。

その理由について、プロ釣り師《アングラー》からある仮説を聞いたことがある。

「ルアーフィッシングの場合、どうしてあのような、一見おもちゃみたいなもので魚が釣れるのか。魚にとってルアーは、僕らでいう地上に下り立った宇宙人みたいなものなんです。遠くに人のようなシルエットが見えたけれど、でも明らかに人ではない。動きも不思議。そしたらなんなんだろうって思って見に行くじゃないですか？」

彼はなぜかとても嬉々として喋《しゃべ》っていた。釣り好きには変わった人が多い。

「ルアーは基本的に魚の動きを真似るよう作られています。経験者はルアーをコントロールし滑らかに動かすことができますが、初心者はなかなか上手くできない。しかし、だからこそ独特の動きになり、結果的にそれが魚の視線を引きつけてしまうのです」

なるほど。説得力のある仮説だ。

しかしヤエンのときのように餌釣りでもビギナーズラックはある。鯵は餌になっても鯵で、その動きに初心者と玄人とでそこまで差がつくのか疑問に思えるし、魚の動きを読み慣れている玄人の方に分がありそうなものだ。ということはやはり、本当に運《ラック》が存在するのでは？　釣りの神様は釣り人を増やそうと初めにあえて甘い蜜を吸わせているのではないか？

また悲しいかな、初めは絶好調だったのに、その後全く釣れない、スランプに陥る、というのも釣りあるあるだ。まるで詐欺師の手法じゃないか。そうだ、釣りの神様は絶対詐欺師だ。

それでもいい。僕は悦《よろこ》んで騙される。それくらい釣りという遊びは心地よい中毒性がある。

あら、まだ釣りを始めた頃の話しかしていないのに、もう文字数が。まぁ、釣りの話に饒舌になるのは想像通りか。またいつか、釣り話の続きを。どんな話にするか、そのときまで船の上で糸を垂らしながら、ゆっくり考えるとする。

Trip 3

肉体

「究極、魚になりたいんですよ。魚が打ち上げられたときの瞬発力と爆発力ってすごいじゃないですか」

キックボクシングジムでそう話すのは、もう二、三年ほどお世話になっているフィジカルトレーナーのM氏だ。僕よりも四つほど年上のM氏はあらゆる身体の動かし方について造詣が深く、格闘家のみならず様々なアスリートやモデルなども彼に身体的向上の指導を求める。

そんな彼はしばしば動物を例にとる。

バーピージャンプという、うつ伏せの状態から四つん這いになり、そこから立ち上がってジャンプするという基本的なトレーニングがある。それを彼は「これは動物の進化です。蛇からとかげ、そして四つ足の動物から人間になって飛び立ちます」と説明する。

ジャンプするときのイメージとして犬の動画を見せられたこともあるし、身体つきの話からゴリラの写真を見せられたこともある。彼のスマホのカメラロールはそんなのばかりだったが、なかに数枚ほど水着姿の女性の写真が交じっており、そのことを冷やかすと「この下着メーカーのモデルたちのお尻の上がり方が素晴らしいんです」とそこもまた、彼ならではの肉体への視点だった。

当然彼自身も優れた肉体をしており、ただそれはボディビルダーというより黒人の格闘家やアスリートのそれに近い。

彼はマシンでのトレーニングはあまり行わない。マシンを使えば局所的に効率良く筋肥大が可能だが、彼が重視するのは筋肥大ではなく全身のコーディネーション能力、動作の協調性などともいうが、誤解を恐れずわかりやすくいうなら一般的に運動神経と呼称されるものの向上である。そのために彼はファンクショナルトレーニングを取り入れている。

ファンクショナルトレーニングとは文字通り「機能的な」トレーニングで、日常やスポーツで使える身体づくり、怪我をしにくい身体づくりを目指す。もっと具体的にいうと、全身を連動させて動かしながら筋力のみならず体幹や柔軟性、バランス能力などを養っていく、というものである。前述したバーピージャンプもその一つだ。

最近ではクロスフィットと呼ばれる、日常的な動作をベースとしたトレーニング方法が欧米だけでなく日本でも流行しているが、それもファンクショナルトレーニングの一種である。

僕がジムに通い始めたのは十年ほど前、二十歳になる頃からだ。初めは外見重視のマシントレーニングで、週に二度ほど通った。しかし目的はいつしか負荷の重量を上げることに変わっていき、僕が無知だったことが最大の原因だが、期待していたバランスとは程遠い身体になり始めた。これではまずいと思い、パーソナルトレーナーをつけて正しく肉体について学ぶことが必要だと感じていたその頃、トレーニング関係の雑誌やテレビなどで「連動」というフレーズが飛び交っていた。動作というのはいくつもの筋肉の複雑な動きから成り、正しく動かすためには全身の整った連動が大前提だという考え方だ。当時はファンクショナルトレーニングという言葉を知らなかったが、すでにあの頃から時代は機能的な身体づくりにシフトしていたように思う。

その「連動」という言葉が僕にすっと入ってきたのは、もう一つ、別に通っていたトレーニングでの理由があった。当時、友人から紹介してもらったボイストレーナーも同じことを話していたのだ。トレーナーと会って初めに見せられたのは喉あたりの筋肉の図で、その図を指差しながら歌うときに動く筋肉について細かく説明された。しかしいざ指導に入ると、まず調整したのは腹部や背中など、喉から遠い筋肉だった。調整後に声を出してみると、自分の声がまさに腹部や背中と共鳴し、震えるような感覚があった。なによりボリュームが違う。声というのは口先から発せられるものではなく、身体全体が連動して鳴るものなのだと実感した。

それからあらゆるトレーニングをしてきたが、現在キックボクシングに辿り着いたのは、それがもっとも効率よくフレキシブルな肉体を育める方法ではないかと感じたからだ。パンチするときに意識するのは足の拇指球《ぼしきゅう》や腰あたり、反対にキックをするときは上半身を意識する。全身を正しく連動させながら捻《ひね》ることで、ストレッチの効果も期待できる。加えてミットを打つ心地よさはたまらないものがある。楽しくなければ、トレーニングは続かない。

と、ここまで大層なことを述べてきたが、そもそも僕自身は身体的コンプレックスが強かった。人より身体能力が秀でたことはなく、技術も低いという自覚がある。しかし、だからこそ頭を使って身体づくりに励まなければ、歌やダンス、芝居などのあらゆる芸事に対応できる肉体に近づくことはできない。その上でM氏の存在は欠かせないものであり、身体に対する認識をぐっと広げてくれる。

しかし、では当初目的としていた外見的な側面、ビジュアルとしての肉体の獲得は後回しになるのか。彼はその点について、機能的な部分を意識してトレーニングをしていれば時間はかかっても正しく美的な肉体を作ることができると考えている。その話も動物を使ったものだった。

「ベルジャンブルーという、品種改良で生まれた筋肉隆々の牛がいて、それはもうすごい筋肉量なんですけど、なんだか違和感を覚えるんです。美しいとは感じられない。つまり自然で正常な筋肉のつき方ではないと脳が判断しているんですよ。ドーピングしているボディビルの選手を見ると僕は同じような感覚になります」

あくまで彼の見解だが、ナチュラルであることがもっとも美しいとする論理は、それ自体とても自然な発想に思える。

ならば美的で自然な動きとは何か。それを尋ねると彼はとても端的な言葉で言い表した。「円環」だ。

「例えば歩く動作。意識するといいのは左右の手を地面に向けて交互に、軽く内回りで円を描くイメージです。そうすれば上半身の動きがうまく下半身に伝わり、スムーズに歩行できます。走る場合は両手を上へはねあげるように振り、小さな内回りの円を下向きではなく正面の方に描くイメージです」

一歩めのエネルギーで二歩め、その二歩めのエネルギーで三歩め、といった具合に効率よく繫《つな》いでいくには、円の形が合理的だということだろう。

M氏いわく、そもそも人間の筋肉は直線で繫がっているものの方が少なく、実際は直線的な動きの方が身体にとって負担なのだという。そういえば例のボイストレーナーにも、声の円を意識しろ、と言われたことがあった。歌う際、口のなかで声を回すイメージを持て、と教えられたのだ。歌っているとどうも声を前に飛ばす感覚になりがちだが、どちらかといえば遠くに放り投げるのに近く、ブーメランのように戻ってきた声をまた投げる、それを強弱つけて繰り返していくことが歌の波になるというのだ。

円運動の話で頭をよぎった人物がいる。合気道の達人で生ける伝説とも評された塩田剛三だ。塩田は身長一五四センチ、体重四六キロという小柄な体つきながら、神業とも呼ばれる体《たい》さばきを習得していたが、そこで重要なのは円運動だと伝えている。合気道は相手の力を利用して合理をもって制す受けの武道であるがゆえに、円運動が非常に重要な役割を持つことは言うまでもない。塩田剛三はその円運動を取得するため、よく金魚鉢を眺めたという逸話がある。いかなるときも互いにぶつからない金魚の基本的な動きが円であることに気づいた塩田は、その金魚の動きに合わせて動くというトレーニングを十年近く続けたそうだ。そして体得した彼の体さばきを映像で見たことがあるが、身のこなしの美しさには目を見張るものがあった。

なるほど自然界と円環が密接な関係であるがゆえに、M氏も塩田も動物たちから動作の理《ことわり》を学ぶわけだ。そしてそれが自ずから美へと発展していくのも面白い。

M氏と自然や円環について語り合っていると、また似たような人物の話を思い出した。スペインの建築家、アントニオ・ガウディだ。以前、実際にスペインまで彼の建築を観に行ったが、彼の作品には曲線が多用されている。それは自然や生物に影響を受けているからで、例えば、サグラダ・ファミリアの螺旋《らせん》階段が巻き貝になっていたり、カサ・バトリョには海、カサ・ミラには山のモチーフが随所に盛り込まれていたりする。

さて、曲線は円環の一部とも言えるわけだが、他に類をみない曲線的なデザインは一方で機能的でもある。彼の作った椅子は腰かけると身体のラインによく馴染むし、ドアの取っ手や手すりがどれも握りやすいことに気づく。なによりカサ・ミラが現在も賃貸住宅として利用されていることが、風化しにくい建造物であることの証左だ。

M氏にこのガウディの話を伝えると、彼はインディアンも似たようなことを伝えているというので、調べてみた。確かにオガララ・ラコタ族のブラック・エルクの言葉にこのようなものがあった。

「インディアンの行なうことのすべてが円環《サークル》をなしていることに、お前は気がついただろう。それは宇宙の力が、つねに円をなして働いているからであり、あらゆるものは円環になろうと努めているのだ」

そして地球や星、渦や鳥の巣、太陽と月の昇沈、季節の移ろいがサークルをなしていると指摘したあと、こう結ぶ。

「人の命は子供から子供へとつながる円をなしており、こうした円環は、力の働くあらゆるものに見られるのだ」(『それでもあなたの道を行け』)

力学だけでなく観念的な部分においてもブラック・エルクは円環の価値を説き、崇《あが》めている。メッセージとしてはシンプルだが、どの分野でも根源を尋ねていけばいくほどそこに円環が存在していることに驚かずにはいられない。

自然と円環と運動の三位一体はあらゆるところに溢《あふ》れていた。数多くの先人たち

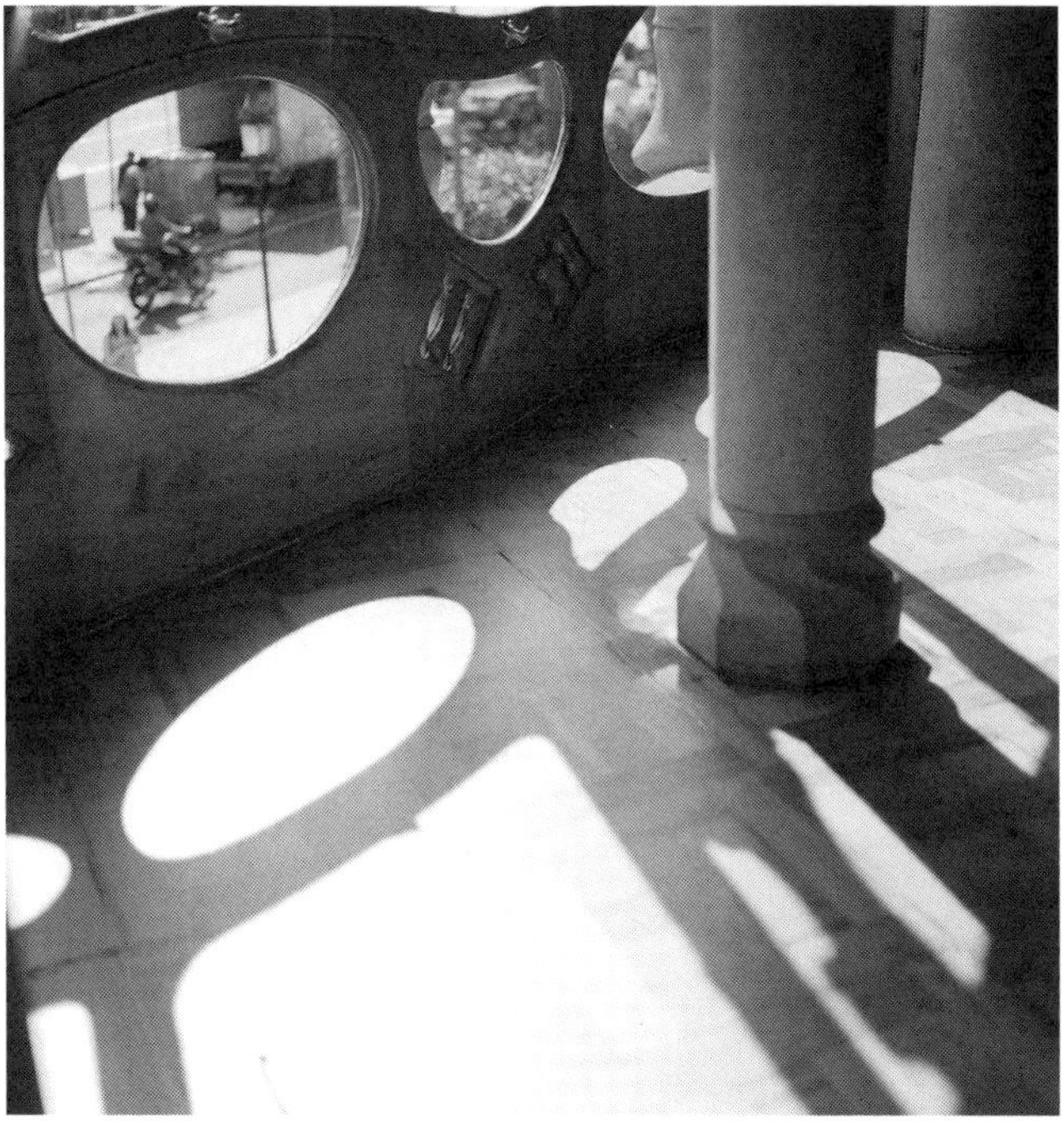

が昔から円環の至要について言葉にしてきたにもかかわらず、僕らはついそれを忘れてしまいがちだ。これほどまでに円環が溢れているのに、自分に適用することができずにいたことに愕然《がくぜん》とする。

とはいえ、自然から学び、円環を体得するのは並大抵のことではない。金魚を十年も見続けるような根気が果たして自分にあるのだろうか。

それに内在化させるべき円環の運動は一つではない。大なり小なり数多《あまた》の円環を身体に染み込ませ、自分がダンスしながら歌いつつ、自然に視線を向けることまで想像すると、すっかり途方に暮れる。自然と円環はとても心強い一方で、きまぐれで、意地悪だ。

しかしこの身体から魂が離れるその日まで、僕の肉体の旅はまだまだ続いていく。ならば腕を回し、どこまで走っていけるのか試してみたい。そのために僕は蛇になり、とかげになり、四つ足から人間になって、今日もバーピージャンプを繰り返す。

Trip 4

岡山

父方の祖父が亡くなった。享年九十一だった。その訃報《ふほう》を受けたのは六月下旬の深夜、港区からタクシーで帰っている最中だった。

僕の親類は長寿の人が多く、身内の死を経験したのはこのときが初めてだった。どうしていいかわからず、僕はとりあえず目を瞑《つむ》り、手を合わせ、祖父のことを思った。

父方の祖父母は岡山県の総社《そうじゃ》市に住んでおり、僕が幼少の頃は夏になるとよく家族全員でその父の実家に帰省していた。中学に上がってからは学業と芸能の仕事でなかなか帰るタイミングがなかったが、それでも母方の実家である秋田よりは訪れる機会が多かった。

しかしながら祖父と交わした会話をほとんど覚えていない。思い出という思い出もあまりなかった。一緒に風呂に入った際に戦争の話をされたことがあったが、それもどういった内容だったか全く思い出せず、今となってはとても後悔している。

もしかしたら僕は祖父が苦手だったのかもしれない。

祖父はとても活動的かつ感情的な人だった。県庁職員として働いていた祖父は、定年退職してからもアパートを経営したり、兼業していた農業を続けたりといつも忙《せわ》しなくしていた。行政や社会に不満を募らせ、常に誰かに怒っていて、文句を言いに市役所に乗り込む、というのは日常茶飯事で、そのことを自慢げに話す祖父に家族は皆辟易《へきえき》していた。だからか祖父と父が衝突する場面も多々あり、しかも総社のきつい方言で罵《のの》り合うので、その光景は見るに堪えなかった。父だけでなく、祖母とも叔母ともよく言い合いになっていた。

しかし祖父は僕にはとても優しかった。同年代のいとこたちはよく怒られていたのに、なぜか僕は一度もなかった。それでも祖父を好きになることがどうしてもできなかった。

とにかく激しい祖父だったが、介護施設に入るほど弱ったと知ったのは、ほんの

二、三年前のことだった。父方、母方含めた祖父母四人の中でもっとも元気に思えたその祖父が一番最初に介護施設に入居したのは、予期しない出来事だった。

施設に入る前、祖父の体調が思わしくないとわかってから父は頻繁に帰省するようになり、神戸に住む叔母と交代で祖父母の面倒を見ていた。しかし祖父に認知症の気が見られたため、いよいよ施設に預けざるを得なくなったそうだ。

弱りゆく父親を目の当たりにするのはきっと辛かったに違いないが、父は会ってくるたび祖父とのことを面白可笑しく話し、茶化した。特に僕が気に入ったエピソードは、祖父が父に「お前の息子二人おるやろ。最近はどうしとんじゃ」と尋ねた話だった。僕はひとりっ子なので、いよいよ孫の顔もわからなくなったと思った父は、「誰と間違えとるんじゃ」と言い返したところ、「歌って踊る方と、書く方がおるじゃろ」と話したらしい。ちなみに祖父は読書家だったため、書く方の孫が好きなようだった。

父はそういった話をいくつもしてくれたが、最後には必ず「だから会えるうちに会っとけ」と言った。僕自身も、実際に対面したら祖父は「歌って踊る方」と「書く方」のどちらだと思うのか単純に興味があったので、なるべく早いうちに会いに行こうと思っていた。

そして昨年、広島でライブを終えたあと地方に残り、両親と待ち合わせして五年ぶりに総社を訪れることにした。

岡山駅から車でおよそ一時間、その間に車窓からいくつもの桃や葡萄《ぶどう》の木が目に入る。遠くに備中国分寺《びっちゅうこくぶんじ》の五重塔が覗《のぞ》けば到着は間近だ。実家の近くに川があり、そこでよくいとことザリガニ釣りをした。懐かしい記憶が一気に蘇ってくる。

祖父に会いに行く前に、まず祖母を迎えに行った。祖母も、父や叔母がいない日は実家ではなく、祖父とは別の介護施設にいた。二人が違う介護施設に入居しているのは症状の違いや空き部屋の問題だそうで、祖父母が顔を合わせるのは今日のように父が来たときのみ、それも毎回ではなく、多くても月に一回ほどだという。

祖母は僕の顔を見るとにっこりと笑みを浮かべ嬉しそうに「ようきてくれたなぁ」と言った。介護職員の方も「いつもお孫さんの自慢をしています」と言ってくれ、それだけでもわざわざ足を運んだ甲斐《かい》があった。

祖母を連れ、祖父の施設へと向かった。エントランスを潜るとテーブルでゆっくりとご飯を食べるひとりの老人がいた。白い粥を掬《すく》うその腕は細く、背中は曲がり、視線は定まっていなかった。

父が「別人みたいやろ」とぼそっと言った。かつて漲《みなぎ》っていた覇気はどこにもなかった。祖父の姿に衝撃を受けた僕は、どう声をかけていいのかわからず、父はそれに気づいたのか、僕を連れて祖父の元へ近づいた。そして耳元に口を寄せ、「親父、シゲが来たで」と大きな声で言った。

祖父が僕を見上げた。そしてじっと見つめ、静かな声でこう言った。

「どちらさまですか」

歌って踊る方でもなく、書く方でもなく、祖父は僕のことがわからなくなっていた。

しかし、僕らの後ろから遅れて歩いてきた祖母の姿を見つけたときは違った。祖父は顔を綻《ほころ》ばせ、それまでぼんやりしていた瞳を爛々《らんらん》とさせた。どれほどのことを忘れても、生涯を共にした伴侶《はんりょ》だけは認識できることに僕はうっかり感動した。

それから五人で祖父の部屋へ行き、家族写真を撮った。そのときになってもなお、祖父は僕のことを認識できていないようだったので、父が改めて「あんたの孫じゃ」と祖父に説明した。すると「仕事は何しとるんじゃ？」と聞いてきたので、「歌ったり踊ったりかな」と答えた。祖父は釈然としない顔を浮かべ、父が横から「本も書いとるんじゃ」と付け加えた。すると祖父の表情の変化から僕を思い出したことが窺《うかが》えた。

「そうじゃった。なんて言うたかのぉ、映画になった」「『ピンクとグレー』だよ」

「本にはのぉ、映画になる本とならん本がある。映画になるっちゅーのは、すごいことじゃ」

そして祖父はこう言った。

「すまんのぉ、もういろんなことを忘れてしもーとるんじゃ」

それから「ねむとーなった」と言って横になった。まだ施設に来て十五分ほどしか経っていなかった。横たわる祖父は目をしばしばさせながら「みんな集まってくれて、こんな日は二度と来んじゃろな」と呟《つぶや》いた。

するとと祖父がふと、祖母の方に布団から手を出した。それは祖母の手を求める仕草だった。祖母はそれに応え、そっと手を重ねた。

「おばあちゃんの手は変わらずあったかいのぉ」

「いろんなこと」を忘れても、何度も何度も触れ、握った祖母の手の温もりだけは覚えているのだろう。

「おじいちゃんは昔から冷え性じゃったからなぁ」

窓から差し込む柔らかい西日が二人を包んでいた。その姿を見る父の瞳は心なしか潤んでいた。そういう僕も、なるべく気づかれないよう目元を拭った。

祖父はそれから本当に眠った。祖母は手を重ねたまま、「困った人じゃのぉ」と呆れていた。しかたなく帰る準備をし、祖母が最後に「ほいじゃけ、帰るけぇの」と祖父に話しかけた。

寝ぼけ眼の祖父に僕も改めて「じゃあね、おじいちゃん」と声をかけると、祖父は僕を見て再び、「どちらさまですか」と言った。まるで落語のサゲのような返しに思わず笑ってしまった僕は、「また来るね」と言って明るい気分で施設を後にし

た。そして祖父が呟いた通り、「こんな日」は二度と来なかった。

これが祖父との最後の会話であり、もっとも濃い思い出になった。

その後も父は帰省する度よく祖父の写真を送ってくれた。写真で見る祖父は日に日に衰えていき、最後には口から物を食べられなくなるほどだった。

いよいよ介護施設から危篤を伝えられた父は、すぐに岡山に戻った。到着後、最初に父から送られてきた祖父の写真は呼吸器をつけた姿で、意識はすでになかった。数日後、祖父は静かに鬼籍に入った。

訃報を受け、すぐにカレンダーで葬儀や法事に行けそうか確認したが、どうにも調整がつかなかった。父にメールで「行けなくて申し訳ない」と伝えると、「お前の仕事柄そんなことは分かってる」とすぐに返事があった。それからも父は葬儀の様子を送ってくれた。棺に入った祖父は頬に綿を詰め、死化粧をしていた。今まで見たことないほど穏やかで安らかな表情だった。怒りっぽかった祖父はもうどこにもいなかった。その写真を見たとき、好きではなかったはずの祖父のことが不思議と愛おしくなり、また虚しくなった。

法事を終えた後、父から祖父について色々教えてもらった。戦時中、十六歳で予科練に志願した祖父は、終戦が一年遅ければ特攻隊として出撃することになっていた。しかし戦後、日本が他国を傷つけたことに胸を痛め、戦争に関して改めて調べ直すことにした祖父は、硫黄島《いおうじま》、沖縄、オーストラリアなどに直接足を運び、現地の人に話を聞いて慰霊に回っていたという。赤十字とユニセフには若い頃から少額ながら毎年寄付し、死ぬまで続けていた。博打《ばくち》を嫌い、囲碁や将棋もできるがしない人だった。「優劣が人を不平等にする」という信念の下《もと》だったという。

「じゃあなんであんなにいつも役所に怒りに行ってたん？」

「理不尽だったり、不平等なルールで自分や仲間が損していたりすると我慢できない人なんだよ。だから役所に話を聞きに行って納得できるまで戦ってくるんだ」

思っていた祖父とはあまりにもかけ離れていて、少しも本質を見抜けていなかった自分にがっかりする。と同時に、それほど素晴らしい祖父がいたことを喜ばしくも思った。祖父の話をする父も、どことなく誇らしげだった。

最後に岡山を訪れたあの日、父はそのまま残るというので、僕は母と二人で新幹線に乗って東京に帰った。その車内で、「じいちゃん亡くなったら親父、泣くかな」と僕が母に尋ねると、母は「泣くに決まってるじゃない。あぁ見えて泣き虫なんだから」と答えた。祖父はゆっくりと衰えていったので、父はある程度覚悟しているように見えた。だから母の返答は僕にとって意外だった。

「まじかよ、親父の泣き顔とか、見たくねぇな」

本音を言えば、仕事で葬儀にも法事にも行けないと知ったとき、僕は少しだけ安心した。父の弱った姿を見ずに済むと思ったのだ。

タクシーの車内で訃報を受けたとき、父のことを一番に心配した。僕は父に、「父さん、気持ち大丈夫?」と返した。普段親父と呼んでいたはずが、なぜかそう呼べなかった。

父からは「大丈夫ですよ」と返信があった。なぜか敬語だった。

あぁ、なんか、家族っぽい。

タクシーの窓から東京の夜空を見上げ、僕はぼんやりそう思った。

Intermission

1

がまし

知代子《ちよこ》はガイドマップを広げ、今進んでいる道を黒のマジックでなぞっていく。フランス語の案内標識や道路番号を確認しながら正しい現在地を把握するのは、はっきり言ってかなり面倒だった。カーナビの便利さを思い知りつつ、息抜きがてら車窓を開ける。風からハーブのような香りがした。刺激的とも牧歌的とも感じられる日差しは知代子のグレーの髪を温め、また遠くに見える木々の輪郭をくっきりと浮かびあがらせていた。

「窓を開けるんなら、オープンカーでも良かったろ」

哲次《てつじ》がそう言うので「ずっと吹きさらしでは疲れるでしょう」とこたえる。

「むしろ疲れが吹き飛ぶと思うがね」

「天気がいいときは、ですよ。雨だって降るかもしれないし」

「でも降ってないじゃないか」

いちいち文句を言う哲次だが、こんな風につっかかるときこそ気分が高揚しているのはわかっている。彼の気持ちを逆撫《さかな》でしないよう、穏やかな笑顔でやり過ごしてあげる。

「まだまっすぐでいいのか」

知代子はルートを今一度調べ直し、「ええ、道なりでお願いします」と哲次に伝えた。

「しかしいい走行音だな」

「本当ですね」

哲次が得意げにそう言うので、知代子も耳を澄ませる。カーステから流れるラジオをかき消すようにエンジン音が唸《うな》ったが、実際他の車との違いはわからない。

走行音だけじゃない。ステアリングがどうとか何気筒だとか、知代子にはさっぱりだった。しかし彼にとっては全てに憧れが詰まっている。ひとつひとつに興奮する哲次を見ると、知代子も気分がよかった。

息子の知哲《ともてつ》が父に「そろそろ免許を返納して仕事をやめてほしい」と頼んだときはどうなることかと思った。「俺は五十年以上も車の運転で飯を食ってんだぞ！」と激高する父に「でもいつなにがあるかわからないだろ」と知哲が言い返すと、哲次はわざわざ脳ドックまで受けて異常がないことを証明してみせた。しかし知哲は諦《あきら》めることなく、「このところ親父より年下の人がアクセルとブレーキを間違えて大事故を起こしたってニュース、よく見るんだよ。健康な人でもそういうことはある」と食い下がり、「言うことを聞いてくれたら、クラシックカーでドライブできる海外旅行をプレゼントする。あっちで最後のドライブをしてきなよ」と提案した。

車好きが高じてタクシー運転手になった哲次は、特に海外のクラシックカーを偏愛していた。それでもずっと国産のファミリーカーで我慢してきたのは、ひとえに家族のためだった。子供たちが独り立ちしてからも、知代子のためにクラシックカーに乗り換えることはしなかった。「いつか、ヨーロッパなんかを旧車で走り抜けてみてえな」。そう話す哲次を家族の全員が見たことがあるが、これまで実現することはなかった。

「母さんの分ももちろん出すよ。二人で金婚式のお祝いがてら、楽しんでおいで」

金婚式のお祝いならば私の希望も聞いてほしいと知代子は思ったが、彼に運転を諦めさせるにはこれくらいしか方法がなかった。哲次のまだまだ昔のように興奮していたいという気持ちはわからなくはないけれど、これからは安全に、そして一緒にのんびりと過ごしていきたい。

家族全員の意向もあって、哲次は泣く泣くその提案を受け入れた。やると決めたらとことん突き進む性分の哲次は、国際免許を早々に取得し、ヨーロッパ横断の計画を綿密に立てた。

向こうで乗る旧車は日本であまり見かけないものがいい、そうすれば未練に苛《さいな》まれることもない、と哲次は言った。彼が最終的に選んだ車種は『トライアンフ・スピットファイアMK1』で、「トライアンフは有名なオートバイメーカーだが、実は昔は車もあってな。免許取り立ての頃、どれだけこの車に乗りたかったか」と嬉しそうに説明していた。ただ付き合うだけの知代子にとっては長時間乗っていても疲れない車であれば何でもいいつもりだったが、それがオープンカーと知り血相を変えた。何度もルーフを開けたり閉めたりする哲次を想像すると、さすがに付き合い切れそうもなく、それだけはやめてほしいと必死に頼み込んだ。哲次は渋ったものの、結局同じモデルのオープンカーではないもので手を打った。

遠くの丘に立ち並ぶ木々の緑を眺めて深呼吸をすると、やっぱりハーブのような爽やかな香りがした。あの丘の木々から漂っているのだとしたら、香りはずいぶんと遠くまで流れてくるものだな、もしかしたら日本にも届くんじゃないかしら、とそんな冗談めいたことを考えていると、義理の娘から電話がかかってきた。

「もしもし、砂良《さら》さん？　どうかしたの？」

風の音がマイクに入ってしまうので窓を閉じる。哲次が右目で知代子を気にした。

「お母様、大丈夫ですか⁉」

のんびりとした知代子の口調とは反対に、砂良は慌てていた。

「順調よ、ほら、そちらにも、すてきな香りがするでしょう」

「ノートルダム」

砂良はまるで呪文でも唱えるようにそう言った。

「ノートルダムはまだよ。どれくらいかかるか見当もつかないのよ、ナビがないから」

「もえてます」

知代子はしばらくの間、砂良が何を言っているのか理解できなかった。もえている、という響きで真っ先に浮かんだ漢字は、萌えているだった。四月になり、緑を次第に濃くしていく木々からそう連想されたが、しかし実際には燃えているだったことが明らかになり戸惑った。哲次も疑っていたけれど、カーラジオを回すと、聞き取れないフランス語の中にそれらしき、のとるだむ、という音が混じるので、二人は徐々に信じ始めた。

ノートルダム寺院が、この旅の最終目的地だった。あまりのタイミングに二人は愕然《がくぜん》とし、哲次はアクセルを緩めて路肩に車を寄せた。

「なんだか縁起が悪くないかい、お母さん」

「そんなこともありますよ」

知代子も落ち込んではいたが、哲次の機嫌を損ねないことが優先であり、「旅は意外な方がいいじゃない」と哲次を励ますついでに、自分にも言い聞かせる。

「ねぇ、お父さん。あの辺まで、歩いてみましょうよ」

知代子が指さした場所には立派な橋があった。近づくにつれて川の全容が見え、その幅の広さに圧倒される。橋の手前には獅子《しし》の銅像があって、その周りをフェンスが囲っていた。こちらに向かって勇ましく咆哮《ほうこう》する獅子は磨かれていて、鼻先や耳などが艶やかに輝いていた。

しかしその銅像よりも目を引いたのは、フェンスにかけられた無数の南京錠だった。それは獅子の猛々しさを押さえ込む拘束具のように感じられた。目を凝らしてみると、南京錠にはジュテームやアイラブユーなど、愛のメッセージが添えられており、どうやらここはそういうスポットとなっているようだった。数年前、新聞で読んだパリのポンデザール橋を思い出す。ここと同じように恋人たちが永遠の愛を願って愛の南京錠を取り付けていたが、その重みで橋は崩落の危機に面し――合わせて四十五トンほどに達していたという――結果的に撤去を余儀なくされた。

「フランス人はどこにでも南京錠をかけないと気が済まないのか」

哲次が小馬鹿にしたようにそう言って、川の方を眺めた。一方で知代子は、この異様な光景に目を奪われていた。人々が無作為に南京錠をかけた積み重ねが、鍾乳洞《しょうにゅうどう》のように、計算では形作ることのできないものを生み出していた。

後ろ手でぐるりとフェンスの周囲を回ってみる。どの南京錠もそれほど大きくないのに、文字を書き込む器用さに感心する。獅子の裏手へ行くと、ひとつの南京錠が目に入った。

その南京錠は施錠されておらず、日本語で「あいてる」と書かれていた。『い』と『て』の間には妙なスペースがある。

「『あいてる』で鍵が空いてるなんて、偶然にしたって出来すぎてるな」

いつの間にか哲次も隣で覗《のぞ》き込んでいる。

「『し』、どうしちゃったのかしら」

「消えちゃったんだろ。ほら、ここにちょうど当たる」

掛け金が開いているせいで南京錠は旗のようにぱたぱたとめくれる。哲次が文字の書かれた面を裏にすると、ちょうど『し』の部分が別の鍵の角と当たった。重みで擦れるうちに『し』だけが削り取られたらしく、一方の鍵には黒いインクがわずかについていた。

「これって、天文学的確率じゃないか」

「だけど、こんなに不安定なのに、よく落ちなかったわね」

するとと哲次は、突然車の方に走り出した。その姿勢は若々しく、これほど走れるのであればまだ運転できそうだと知代子は思った。戻ってきた哲次の手には知代子が使っていたマジックが握られている。そしておもむろに『い』と『て』のあいだにペン先を寄せたが、なぜか哲次がそこで手を止めた。

「どうしたの?」

「『し』を書き足してあげようと思ったんだが、なんだかそれだけ書くのは不吉な気がして」

「だったら」

知代子はペンを取り、『がまし』という文字を狭いスペースに強引に書き加えた。哲次は頷《うなず》きながら南京錠の上下を押さえ、かちっと施錠した。

それから二人は再びトライアンフ・スピットファイアMK1に乗り込んだ。アクセルを吹かし、哲次が誇らしげな顔を浮かべるのを見届ける。エンジンが身体を揺らすと、二人は長い橋を渡り始めた。

Trip 5

ブラジル→京都

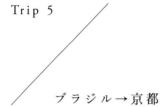

二〇一七年の九月三十日から十一月八日まで東京と京都で、舞台『グリーンマイル』の主演を務めさせていただいた。映画があまりにも有名な『グリーンマイル』の舞台化は決して楽な道のりではなく、死刑制度を扱った物語であるがゆえに内容の解釈やキャラクターへのアプローチに悩んだ反面、演技の奥深さと面白さも改めて痛感した。稽古期間を含め本作と向かい合ったおよそ三ヶ月、終わってみればあっという間だったと感じつつも、奇《く》しくも劇中最後のセリフ「このグリーンマイルは長すぎる」とも思えたりしたのだった。

さて、この『グリーンマイル』の期間を振り返って印象的だったことはいくつもあるが、まずひとつは「ポン・デ・ケイジョ」の話だ。

稽古中、共演者のひとりが「ポン・デ・ケイジョ」という小さなパンを差し入れしてくれた。僕はそれを初めて口にしたのだが、チーズが利いていて、なおかつとてももちもちしていて、あまりの美味《おい》しさに手が止められなくなるほどだった。その衝撃に知的好奇心をもくすぐられ、すぐに「ポン・デ・ケイジョ」をネット検索した。するとブラジル発祥のパンだとあり、その意外性に驚いた。あくまで勝手なイメージだが、チーズの香りからそのパンには南米というよりはオランダあたりの欧州という印象があったのだ。しかし「ポン・デ・ケイジョ」の主原料が小麦粉ではなく、タピオカの原材料であるキャッサバの粉と知り、南米発祥であることに合点がいく。そして独特の食感はこのキャッサバ粉によるものだった。

また、レシピの簡単さにも驚いた。一般的なパンには絶対に欠かせない発酵という手順がなく、しかも一時間足らずで完成するというのだ。その時点で僕はすっかり「ポン・デ・ケイジョ」を作る気になっていたのだが、問題はキャッサバ粉がどこで手に入るのかだった。スーパーで売っているのを見たことがないし、ネットなら買えるとはいえ、せっかくなら実物を見て買いたい。しかし思いの外近いところにキャッサバ粉があるのに僕は気づいた。

舞台の稽古場は日本屈指のコリアンタウンとして有名な新大久保にあった。実のところこの街は韓国人以外にもあらゆる国の人々が住んでおり、多国籍な街になっている。それゆえ外国人向けのスーパーも多く、普段は目にする機会のないエスニックな代物もたくさん売られているのだった。そこならきっとキャッサバ粉も手に入るはずだ。

稽古後、新大久保のスーパーに寄ってみると、そこにはタイ米や見たこともないスパイスなどが所狭しと並んでおり、レトルトのカレーですらかなり本格的なものだった。そんな中で、キャッサバ粉は店の奥に密かに置かれていた。もしかしたらそれほど売れるものではないのかもしれない。

キャッサバ粉といくつかの調味料、そしてほうれん草とカッテージチーズのレトルトカレーを手にし、レジへと向かう。褐色の肌をした外国人の男性店員が僕の買うものを見て「キャッサバ?」と確認し、どことなく嬉しそうな表情を浮かべた。

そのあと彼は何かを僕に話しかけたのだけれど、それはカタコトとすら言えない日本語で、僕は聞き取ることができず、二回ほどで聞き返すことも諦《あきら》めてしまった。ただ彼の嬉々とした様子からキャッサバ粉を買う人が少ないことはわかり、「お前なかなかやるな」というような空気は感じられた。

せっかくキャッサバ粉を手に入れたものの、セリフ量が膨大なことと体力的に疲れていたこともあり、稽古中はもちろん、舞台の幕が開いてもなかなか「ポン・デ・ケイジョ」を作るタイミングがなかった。ようやく取りかかることができたのは東京公演を終えた後、京都公演までの間にあった休日だった。友人たちが僕の家に遊びにくるというので、試しに作って振舞うことにしたのだ。

まず牛乳、同量の水、多めのオリーブオイルを合わせて火にかけ、沸騰直前で火から下ろし、ふるいにかけたキャッサバ粉に少しずつ混ぜていく。生地としてまとまってくるとそこに大量の粉チーズと胡椒《こしょう》と溶いた卵を加え、再び混ぜる。あとは適当なサイズに丸め、予熱しておいたオーブンで二十分ほど焼く——。

焼いている間、オーブンからチーズの香りが部屋中に漂い、それがまた食欲をかきたてる。

焼きあがったコロコロの塊は、僕が見た「ポン・デ・ケイジョ」そのものだった。出来立てをかじってみたがあまりの熱さに味がわからなかったので、しばらく冷ましてから口に投げ込んだ。

まずチーズの濃い香りが口に広がる。噛むとほどよい弾力で、例のもちもちの食感が僕を楽しませてくれた。チーズの塩気のみのシンプルな味を胡椒がぐっとしめてくれるのもいい。出来上がりはお店の味とまではいかなくとも、お手製のスナックとしては十分なものだった。

しかし「ポン・デ・ケイジョ」だけでここまで楽しめるなんて。まるでショートトリップしたような満足度だ。

食事というのはもっとも身近な旅と言える。だとすれば調理はその旅先へ行くための移動手段か。キッチンはコックピット。何処へ何で行くか、国内国外問わず気分次第で好きにできる。ごはん最高。料理最高。次は一体どこへ繰り出そうか。

＊

京都公演は全部で四日間だった。舞台の公演で京都を訪れるのは初めてで、心なしか気持ちが浮つく。

京都の初演前日、ゲネプロを終えると僕はひとり京都の街に出た。誰も誘わなかったのは、東京公演から二週間ほど空き、そして明日が二回公演ということもあって今まで以上に集中して本番に臨むべきだという空気がそこはかとなくカンパニーに漂っていたからで、誘わなかったというより、誘えなかったという方が正しかった。しかし僕は浮ついた心をどうにも処理できず、こっそりホテルから抜け出すようにして京都を楽しむことにした。しかしその日は文化の日で祝日、しかも時刻は夜の十時過ぎで、京都らしい日本料理店や割烹《かっぽう》はどこも休業か、すでに閉まっていた。しかたなくスマホで適当な店を調べて、そう悪くなさそうな焼鳥屋に入った。

店内はかなり賑《にぎ》わっており、「料理を出すのがかなり遅くなってしまうかもしれないけど、それでもいいならどうぞ」と店員に言われる。とはいえ他に行くあてもないのでとりあえずカウンターに腰掛けた。メニューに京都らしいものは一切なかったが、ひとつだけ目を引いたのは「エレベーター」という料理だった。女性店員に生ビールと数本の焼鳥を頼んだのち、「エレベーターってなんですか？」と尋ねると、女性店員はメモを取り出し、読み始めた。

「あぶらあげ、に、だいこんおろし、をのせた、ものです」

そうカタコトで読み上げる女性店員の後ろから別の店員が彼女の接客をチェックしている。おそらく入ったばかりなのだろう、ルックスからは気づかなかったが日本の人ではないようだった。せっかくなのでその「エレベーター」も頼んでみる。最近やたらとカタコトの接客に出会うなと思いつつ、生ビールを口にして持参した文庫本を読み始めた。

すると真後ろの席にいた女性客のひとりが豊洲新市場の話を始めたのが耳に入った。それから東京都知事に話題を移すと、別の女性が「詳しいなぁーめっちゃ賢いやん」と笑った。東京では誰もが知っている内容だったが、なるほど京都の人からすれば都知事の話はどこか他人事《ひとごと》の話題なのかもしれない。しかし、まさかこんな形で自分が東京以外の場所にいることを自覚させられるとは思わなかった。

店内には京都観光に来たであろう外国人の客も多くいて、そちらの会話も耳に入った。外国人男性が日本人の男性店員にアイラブユーの日本語を尋ねたのだ。よくあることなのか店員はすぐに「あ・い・し・て・る」とゆっくり口を動かして答えたのだが、見ているこっちが照れてしまうほど、店員は大きな声で何度もその言葉を口にした。やがて頭の中にドリカムの「未来予想図Ⅱ」が流れて止まらなくなる。

雑然とした店内で唯一静かだったのは、僕と店の大女将《おおおかみ》らしき人物で、その人は僕から少し離れたカウンターの客席で何にも構うことなくひとり黙々とネギを切っていた。

やがて他の客たちが全て店を出ていき、僕ひとりになった。僕は注文した「エレベーター」を待っていたのだが、全く出てくる気配はなく、店員たちは僕に帰れと言わんばかりに店を片付け始めている。注文が漏れたことを察し、僕は会計を済ませて店を後にした。

なんというか、とても奇妙な時間ではあったが、旅先だったこともあってそれなりに楽しめた。明日の舞台はうまくいきそうな予感がする。そうであってほしい。期待を込めてホテルへと戻った。

京都公演は本番中に舌を噛んだことを除いておおむね上手くいった（しかし猛烈に痛かった！）。千穐楽《せんしゅうらく》を終え、キャストやスタッフと握手を交わし、僕らは別れた。みんなその日に東京へ戻ったのだが、僕はほとんど満喫できなかった京都を少しでも楽しむため、残って翌日に貴船《きふね》神社を訪ねることにした。川床《かわどこ》で有名な貴船神社は御祭神が高龗神《たかおかみのかみ》という水神様で、釣り好きの自分としてはいつか行かなければならないと思っており、これを機に参拝することにした。

貴船神社は山の中にあり十一月初旬でもかなり寒いという噂を聞いていたのだが、その日は天気が良好でちょうどいい涼しさだった。ところどころ赤く色づく木々は美しく、川の音が心地いい。しかし京都駅から一時間ほどかかるためか、このシーズンでもそれほど混雑しておらず、じっくり景色を楽しむことができた。身も心も洗われていく気分で、一仕事終えた自分としてはリフレッシュに最適の場所だった。

山道を登って本宮の鳥居をくぐり、階段を登って御神前で手を合わせ、まず今後の釣行《ちょうこう》が安全かつ大漁であることを願った。それからルアー形のお守りを買って、次に少し先にある奥宮を目指す。

貴船神社は縁結びの神様としても知られている。

素晴らしい舞台作品とキャスト、スタッフとの縁に心から僕は感謝しています。

そしてまた新たな良縁と出会えますように。

奥宮に着いたらそうお願いをしよう。

山道を登っていく。遠くに奥宮が見えた。紅葉と鳥居の赤が綺麗に調和して際立っている。

あと少しだ。

そのときふと、先日食べられなかった「エレベーター」の料理名の由来を思いつき、足を止めた。

「油あげ」と「だいこんおろし」。あげとおろし。上げと下ろし。上下。エレベーター。

くくくっと笑いをこらえながら、僕は再び奥宮に向かって歩き始めた。

Trip 6

ニューヨーク

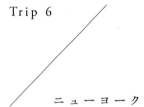

「私たちを黙らせようとしている方へふた言贈ります。『時間切れ《タイムズ・アップ》』と」

シンガーであり女優でもあるジャネール・モネイは、マディソン・スクエア・ガーデンでそう口にし、そしてその後何度も「タイムズ・アップ」と連呼した。あのときの彼女の顔を今も忘れることができない。

＊

ジョン・F・ケネディ国際空港に着くとオリエンタルな香りが鼻をかすめた。アメリカにきてオリエンタルというのは矛盾しているようなのだけれど、七年ほど前にニューヨークを訪れたときも確かそう感じた。ここには一つのイメージだけでは

ALL
TAKE-OUT
DINE IN
DELIVERY
TRY

括《くく》れない何かが満ちている。

ニューヨークは三度目だが、仕事で訪れたのは初めてだ。この四泊六日の間に僕らNEWSは写真撮影やボイスレッスン、ダンスレッスン、ミュージカルやショーの鑑賞、そしてグラミー賞授賞式を見にいくことになっていた。

一音楽愛好家としていつも画面越しにグラミー賞授賞式を楽しんでいたので、この大きなイベントの招待をいただいて直に観られることが嬉しくてしかたなかった。興奮のあまり一ヶ月も前からグラミー賞を誰が獲るか予想したりするほどだった。

もちろんそれ以外の撮影やレッスン、ミュージカル、そして食事などにも期待していた。結果、その期待は裏切られることもなく、僕はこの旅を心から楽しみ、多くの刺激を受け、そこで過ごした時間はどこをとっても素晴らしいものとなった。しかし僕がこの旅で持ち帰ったもっとも大きなものは、とても重く、苦しく、燻《くす》んだ『現在』だった。

グラミー賞のみならず、アメリカで催されるエンターテインメントの式では、授賞の結果だけでなくパフォーマンスやスピーチにも世界全体が注目する。アーティストが社会に対して強いメッセージを放つことも多々あり、特に差別に伴うあらゆる問題が世界中で頻発し続けるなかにおいて、彼らが何を発信するのか、とても興味深かった。

今回のグラミー賞では、誰のどの辺りが全体のメッセージの中心になるかはある程度予見できた。最優秀ポップアルバム賞に『レインボー』というアルバムがノミネートされたケシャというシンガーだ。

僕と同じ一九八七年生まれのケシャは、十八歳でレコードレーベルと契約し、二〇〇九年に「ティック・トック」という曲をリリースして大ヒット、一躍スターの仲間入りを果たした。その後のキャリアも順調に思われたが、二〇一四年以降、僕が彼女の名前を聞くことはほとんどなくなった。しかし二〇一七年『レインボー』から先行リリースされた「プレイング」という曲により、その間彼女の身に何が起こっていたのかを知ることになる。

ケシャは二〇一四年、彼女をレーベル契約当初からプロデュースしていたドクター・ルークにより、十年以上にわたって、性的、肉体的、精神的な虐待を受けていたことを告白し、ドラッグやアルコールの服用を強要され、その影響で摂食障害にまでなり、リハビリ施設に入院していたと明らかにした。そして事態は彼との契約解除を求める訴訟問題にまで発展し、彼女は音楽活動の休止を余儀なくされていた。しかし彼女の悲しみはこれで終わらない。ドクター・ルークは彼女の主張を真っ向から否定し、二〇一六年にこの訴訟は棄却されることになる。

それに対し、様々なアーティストが彼女に救いの手を差し伸べた。そして最終的にドクター・ルークはレーベルのCEOを解任され——とはいえ具体的な理由は明かされていない——ケシャにようやく追い風が吹き始めた。そして新たなプロデューサーを迎え発表されたのが「プレイング」だった。歌詞を聞いてもらえばわかると思うが、それはドクター・ルークに対して書かれたように思える。

二〇一七年の秋、映画プロデューサー、ハーヴェイ・ワインスタインの事件の激震により、セクシャル・ハラスメントに対する非難は今まで以上に強まり、そこから生まれた「#MeToo」は日本でも広く拡散、シェアされ、かなり話題になった。そして新年早々、海外の人気女優らが新たにセクハラ撲滅を訴える「タイムズ・アップ」というムーブメントを立ち上げた。「タイムズ・アップ」はSNSで瞬く間に広まり、このムーブメントを受け、グラミー賞授賞式より先に行われたゴールデングローブ賞の授賞式では、「タイムズ・アップ」を支持する出席者たちは連帯を表明するため、黒い衣装に身を包んだ。

そういった流れから、グラミー賞でもハラスメントに関するメッセージが発信されることは想像できたが、誰がどのようなスピーチやパフォーマンスをするのか、これは今回の見所のひとつであった。

グラミー賞授賞式の会場となったマディソン・スクエア・ガーデンへ行くと、多くの人が胸元に白いバラを飾りつけていることに気づく。出席したアーティストたちも白いバラを身につけていた。エルトン・ジョンはパフォーマンス中、身につける代わりに、ピアノに一輪、白いバラを置いていた。

後に知ったのだが、白いバラは歴史的に希望、平和、連帯、抵抗を象徴しているということから、ゴールデングローブで黒を纏《まと》ったように、グラミーではこれを身につけて参加しようという提案があったそうだ。

式典の中盤、ステージに呼び込まれたのはジャネール・モネイだった。そして彼女は冒頭の言葉を口にした。それからこう続けた。

「賃金格差の時代は『時間切れ《タイムズ・アップ》』。差別の時代も『時間切れ《タイムズ・アップ》』。あらゆる種類のハラスメント、そして権力の乱用の時代も『時間切れ《タイムズ・アップ》』」

彼女の胸元に白いバラのピンバッジが光っていた。さらに彼女はこう話す。

「私たちに文化を形作る力があるなら、私たちにとって優しくない文化を取り消すこともできるのではないでしょうか。女性と男性が一緒になって団結し、音楽業界がより安全な職場環境と、平等な賃金と権利をすべての女性に与えられるように取り組もうではありませんか」

彼女の視線は鋭く、声や佇《たたず》まいは力強くて美しかった。

ジャネール・モネイは自らのセクシャリティに関して具体的に明言はしておらず、レズビアンかどうか問われた際も「私がデートするのはアンドロイドだけ」と答えている。とはいえ彼女はLGBTQコミュニティーを支持すると表明し、近年出演した映画も『ムーンライト』や『ドリーム』など、セクシャルマイノリティや女性の地位などに関するものであることは、彼女の考えと無関係ではないはずだ（※本エッセイ掲載後の二〇一八年、彼女は自身がパンセクシャルであることを告白した）。そんな彼女のメッセージだからこそ、憂慮すべきこの現状にさらに危機感を突きつける。

彼女はスピーチの最後にケシャを呼び込み、そしてケシャは白い衣装で圧巻のパフォーマンスを見せた。その傍らには彼女を支持していたシンディ・ローパーやカミラ・カベロなどもいた。みんな白を纏っている。パフォーマンスを終えて彼女がみんなと抱き合う姿には、感動のあまり思わず涙が滲んだ。と同時に、未だ縮まらない社会の理想と現実の距離を実感し、あの日に教室で感じた息苦しさを思い出すのだった。

日本で男女雇用機会均等法が施行されたのは僕が生まれる一年前、一九八六年のことだった。小学生の頃、進学塾でその法律について触れたとき、なんて当たり前のことを法律で決めるんだろうと思ったのを覚えている。男女の性差で扱いが異なるなんて不思議でしかたなかった。子供ゆえに素直にそう思えた。しかしそのとき、どこかで男でよかった、と思ったような気もする。男女は平等であるべきという当たり前のことを学んだことによって、僕は反対に、はっきりと性差の歪みを認識してしまった。

年齢を重ねるにつれ、女性は男性よりも損をする場面が多いのだから男性は女性を守るべきだ、という善意による意識が自然と芽生えていった。しかしそれもまた偏った認識の内にあるとやがて知ることになる。

中学三年の頃、クラスメイトにK野くんという人がいた。彼は眼鏡をかけた華奢《きやしや》でおとなしい文化系の男の子だったのだが、彼の佇《たたず》まいにはどことなく近寄りがたいものがあり、口調も独特だった。

自分が日直当番だったある日の放課後、そんなK野くんがクラスの日直日誌に書いていた言葉を見て僕は言葉を失った。そこには「逆差別」についての文章がノートいっぱい、真っ黒になるまで書かれていた。例えば、なぜ女性だけ映画が安かったりするのか、女性専用車両はどうなんだ、などといった内容が長々と書かれており、僕はこれを読んで初めて「逆差別」という言葉を知った。弱者を守ろうという善意の意識が、誰かを不快にさせることがあることに心底驚いた。その文章には多分にミソジニーの要素が含まれていたが、ただ彼の思いにも少しは寄り添うことができた。それがまた自分でも不思議だった。理想的な完全なる平等を成立させることは、ほぼ不可能なような気がした。

夕日が差し込む教室で、僕はひとり小さく絶望した。それでも、どこか他人任せに「きっとこれから社会は良くなっていく。大人たちがいい方法を考えてくれる」と思うことにした。しかし実際、時間だけでは問題は解決しなかった。

ケシャは現状を変えようと、辛い過去を告白し、世界へメッセージを発信する決意をした。僕はどうだ。あのとき他人任せにした大人の年齢にすでに達しているというのに、同じ年に生まれた彼女のような覚悟を持てているだろうか。

モネイの着ていた黒のスーツにはカラフルな花の刺繍《ししゅう》が施されていた。ケシャの白い衣装にも似たような彩色の花の刺繍があった。それらが、彼女のリリースしたアルバムタイトル『レインボー』に由来していることは間違いないだろう。虹はLGBTの運動や、五輪など、ときに多様性の象徴として扱われる。『希望、平和、連帯、抵抗』の先に幸福の多様性を祈る《プレイング》のは彼女たちだけではなく、僕自身もだ。

ケシャのパフォーマンスが終わり、圧巻のステージを噛みしめていると、ふと僕の前に座っていた人が立ち上がった。そして彼女に向けて強く手を叩いた。彼の顔は見えなかったが、ケシャのステージに感動したことは背中から伝わった。その他にもたくさんの観客がスタンディングオベーションをした。それは僕にとっても救いだった。

グラミー賞授賞式で僕が受け取ったものは、重く、苦しく、燻んだ「現在」ではあったが、磨けばやがて虹色に輝く「未来」の原石だという可能性を信じたい。そこにいた多くの人がきっとそう思ったはずだ。僕も彼らと同じように立ち上がり、精一杯の拍手を送った。

最後に、歌手のロードが白いバラの代わりにドレスに縫い付けたジェニー・ホルツァーの言葉を引用してこのエッセイを締めたいと思う。

——喜ぼう！　私たちの時は耐え難い。勇気を出そう、最悪は最高の前触れなのだから——

Trip 7

時空

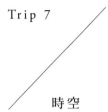

「U R not alone」というNEWSの楽曲がある。先日まで公演していたライブでも歌っていたのだが、本曲には一言では語れない強烈なエネルギーが宿っている。歌の様相は応援歌なのに、歌っているとなぜかどんどん対自的になるというか、メッセージを自分自身へ発信している気分になるのだ。特にずしっと刺さるフレーズがここだ。

——ああどうか　力を貸してくれないか　昨日までの僕よ　共に乗り越えてきたじゃないか——

自分が芸能事務所に所属したのが一九九九年で、メジャーデビューは二〇〇三年。それなりに長くやってきたとも思うものの、いまだに慣れないことも多く、あらゆる場面で失敗はするし、自信を失って負のスパイラルに入ることもある。そんなときに拠《よ》り所《どころ》になるのが過去の成功体験なのは間違いない。この曲は、曖昧《あいまい》になりかけた自信の輪郭をもう一度くっきりと形作ってくれる。僕にとってとても心強い歌だ。

二〇一八年の春、落語に挑戦する機会があった。『旅する落語』というテレビ番組で、芸人の千原《ちはら》ジュニアさんと箱根で旅ロケをし、そこで見聞きしたことをヒントにそれぞれ創作落語を作って披露するというものだ。ジュニアさんは各所で落語を披露なさっていて経験も豊富、この番組企画にぴったりなのはわかるが、この依頼が自分にくるとは予想だにしなかった。

しかし、僕が落語に挑戦するのはこれが初めてではない。二十歳を過ぎたばかりの頃、『こんなんやってみました。』という一人舞台を公演した。当時自分が連載していたエッセイでのエピソードをベースに、構成作家と共に台本に起こし、それをコントや朗読やお芝居など、様々な形態でオムニバス的に見せていくというものだった。そのひとつにオリジナルの落語もあったのだ。このとき披露した落語は僕にとって思い出深く、今もふと頭をよぎることがある。

タイトルは「愚問」で、マクラは「弥生《やよい》」という名前の友人に「何月生まれ？」と聞いた際、「愚問だよ」と言われた実体験をもとに「なのでみなさんも、『師走ちゃん』という人に出会っても、何月生まれかは聞かないでください」というところから本題に入る。大枠は役者を志すが芝居が下手な男Aと、その男が何の芝居をしているか当てようとする友人Bの物語となっている。しかしBはAが何を表しているのか分からず何度も外し、最終的にAは落語の典型的な蕎麦《そば》を啜《すす》る芝居を打つのだが、それにも頓珍漢《とんちんかん》な回答をしてしまう。激昂《げきこう》したAはついに「本当にお前はKYだよ」と罵《ののし》る。

「KYって？」「空《K》気が読《Y》めないってことだよ」「じゃああんたもKYだ」「どういう意味だ？」「食《K》い方がよ《Y》ろしくねぇ」

益々苛立《いらだ》つAは「あぁ、じゃあ俺はKYだ、KYでいいんだよ」と開き直り、そして最後に「こ《K》んなんや《Y》ってみました。」とタイトルを言って終わるサゲだった。

この落語は本舞台のオムニバスのなかでもっとも好評だった。俺、意外と落語できるじゃん、と思った。なにより、楽しかったのを覚えている。自分ひとりがただ喋《しゃべ》るだけで観客が笑ってくれる。それはとても幸せな空間だった。僕が落語を披露したのはその一度きりだ。

あれから約十年を経て、僕は再び落語をすることになった。前回は台本に起こしてくれる人もいたし、見てくれる演出家もいた。しかし今回は全てひとりでやらなければならない。ロケで出たエピソードをひとりで紡いで、ひとりで台本を作り、ひとりで覚え、ひとりで披露したものが、テレビで放送される。助けてくれる人はいない。やると決めたものの、本番を迎えるまで孤独と重圧で不安に押し潰されそうだった。

ロケ当日。箱根はあいにくの大雨で人もまばらで、撮影自体も難航し、とはいえこれといったハプニングも特に起きない。僕自身も慣れない旅ロケにあわあわしっぱなし、そうこうしているうちに撮影終了の時間が来て、僕もジュニアさんも手応えを感じないままうなだれて帰ることとなった。

このロケをどうやって落語にするべきか見当もつかず、本番まで日に日に焦燥が募るばかりだった。しかし落語を披露するまで二週間ほどしかなく、だらだらしている余裕は少しもない。とにかく撮影中に聞いた使えそうな話を組み合わせて形にするほかないので、まずはそのなかからネタを選んだ。

抜粋したネタはふたつ。ひとつは熊野神社にまつわるもので、事業に失敗した女性が自殺しようと箱根を訪れたところ、ふらりと立ち寄ったこの神社でうたた寝をしてしまう。そこで見た夢のなかで神様にもう一度挑戦するように助言され、女性は神様に言われた通りにすると奇跡的にうまくいき、お礼にその益金で神社を改装した、という噂話。

もうひとつは中国の商人から八代将軍徳川吉宗に献上された象を長崎の出島から江戸まで歩かせて運んだときの話だ。箱根峠を越えたところで象は旅の疲れから倒れてしまうが、役人らは大事な象をどうにか元気にすべく好物のまんじゅうを与えて看病した。すると、なんとか持ちこたえて無事江戸まで向かうことができた、という実話である。

このふたつの話を選んだ理由は人情噺《ばなし》と相性がよさそうだからだった。落語のテイストを人情噺にすることはお話をいただいた時点からある程度イメージしていた。笑いで戦っても手練《てだ》れのジュニアさんに敵《かな》うわけがなく、ならば人間ドラマで魅せるほかないという判断からだ。消極的選択だが、対決ではないとはいえそれぞれで落語を披露する以上、ジュニアさんに明らかに見劣りするものを披露するわけにはいかない。

これらの話を織り交ぜて創作したのが以下の物語だ。

僕自身が雨男というエピソードのマクラから始まる本題の主人公は、事業に失敗して箱根へ自殺しにやってきた雨男に設定した。男は死に場所を探す途中で急な大雨に見舞われ、しかたなく薄汚れた神社で雨宿りをする。ここがいい死に場所だと閃《ひらめ》いた男だが、首を吊るものなど自殺道具を持っていないことに気づいてしまう。自分のだらしなさにまた落ち込みながらもついうとうとすると、突然目の前に象が現れる。男は驚くが発想を切り替え、象の足の下に潜り込んで踏みつぶしてもらおうとしたり、鼻で首をしめてもらったりと、この象を利用してどうにか死んでやろうと画策する。しかしさすがにうまくはいかず、最後には象に諭されて自殺を諦《あきら》める。いつのまにか象はいなくなっていた。男はあの象が神様であるに違いないと信じ、象の助言に従ってもう一度東京に帰って事業に挑戦する。するとこれまでが嘘のようにうまくいき、結婚までできて人生は好転していく。全て象の神様のおかげに違いないと思った男は、お礼に神社の改装資金を出す。そして完成した神社に夫婦で訪れるのだが、その日もやはり雨が降っていた。男が祭壇に賽銭《さいせん》を投げ入れてお礼を言うと、妻が男に尋ねる。

「この神社変じゃない？　なんで屋根がないのよ」「ここの神様は俺に似て、水浴びが好きなんだ」という雨男と象をかけたサゲで噺は終わる。

ここまで物語ができていれば、落語に仕立てるのは小説を書く作業とさほど変わらないだろうと思ったが、実際にはあまりにも異なるもので戸惑った。

落語は基本的に会話劇なので、小説でいうところのいわゆる地の文に頼ることがほとんどできない。日頃小説では、いい描写や説明文が思いつかずに苦労させられることも多々あるのに、いざそれに頼らない会話のみの物語を作り進めると、どう書いたらいいのか全くわからなかった。

では落語ではどう表現するのかというとそれは芝居が担う。しかしここでも、落語の芝居が今まで経験してきたどの演技とも違うことを知り、心が折れそうになる。落語には映像のように風景がない。それに正座という姿勢のため、下半身の動きはほぼ使えないに等しい。つまり演技が可能な動作範囲は上半身と顔のみということになる。そんな条件で上下《かみしも》で登場人物を演じ分け、会話と表情とちょっとした動きのみで物語を進めていかなければならない。シンプルだからこそとても高度な技術なのだと身をもって実感する。

しかも今回はよりによって人情噺だ。笑いが少ない分、登場人物の心情、感情がはっきりと伝わるいい演技ができなければ、ペラペラのつまらない落語になってしまう。今の自分の技術ではどこまでいっても落語ごっこで終わるだろう。この仕事を受けた後悔が荒波のように覆いかぶさってくる。

どうするべきか悩んでいると、かつて自分の内に落語へのかすかな自信があったことを思い出した。そうだ、あれを見れば少しは自信が蘇ってくるかもしれない。

「こんなんやってみました。」はソフト化はしていなかったが、幸い映像資料として特別に動画を持っていた。

あのときは確かにうまくいった。それを見ればきっと役立つヒントがある。「U R not alone」の歌詞のように、過去の僕が力を貸してくれるに違いない。そう思ってPCの再生ボタンを押した。

期待して十年ぶりに自分の落語を目にする。まだ金髪だった自分が、額に汗を浮かべ、一生懸命落語を演じている。「そりゃ愚問だよ」と何度も上下《かみしも》を切りながら、必死にキャラクターを演じ分けている。

しかしそこで繰り広げられた落語は、自分の記憶とは程遠いものだった。十年前の自分の落語は全然うまくなかった。それどころか、ひどい代物だった。テンポが悪い、声が悪い、動き過ぎ、いちいち見得を切りすぎ……びっくりするぐらいだめだった。どうしてこれで手応えを感じられたのか、いまとなってはおそろしいくらいだった。

十五分ほどのその落語を見終え、僕はしばらく放心した。しかし頭を切り替え、すぐに新作落語の練習に取り掛かった。そのときに自分に芽生えていたのは、あの

ときの自分よりは格段にうまくやれる、という予想外の自信だった。今の自分にはあの頃よりも多くの経験がある。彼よりは絶対にうまくできる。

先述した「U R not alone」の歌詞はこのように続く。

――僕は誓うよ　一切引かないし　一切負けない　生まれた日から今日までの僕が見てる　明日もそう　少しずつ前へ not alone――

十年前のあいつが見てる。あいつには負けたくない。絶対に成功する。あのときの俺が見たら、悔しいと頭を抱えるような落語をする。あいつに惚れられるような、敬われるような、そういう演技をしてみせる。きっとできる。

本番当日、緊張はピークを迎えていた。披露の直前に鏡を見る。僕は彼に話しかけた。「俺ならできるよな」「愚問だよ」

出囃子《でばやし》が鳴るなか、僕は高座に上がって座布団に正座し、扇子を置いてお辞儀をする。顔を上げると、目の前に広がる光景は十年前に見たものと同じだった。盛大な拍手と照明を存分に浴びながら、僕は何度も練習したマクラを口にした。

Intermission

2

ヴォルール デ アムール

「なんだってこんなことばかりしやがるんだ、どいつもこいつも」

「祈らずにはいられないのさ」

「まったく、俺には理解できない偶像崇拝だね」

ブノアがそう言ってディスクグラインダーのスイッチを入れたので、リリアンもそれに続く。二人は無数の南京錠をかき分け、高速で回転するディスクをフェンスの縁に当てた。火花が勢いよく四方に飛び散る。錠前なだけあって頑丈で、切削には時間がかかった。ブノアは「くそっ」と大声を出したがその声はけたたましい金属音にかき消された。

作業自体も大変なものだが、それに加えて厄介なのは人の視線だった。南京錠の撤去を見にきた人々は、ブノアとリリアンをまるで悪漢を糾弾するような目で見つめる。写真を撮る者も少なくなく、すでにネット上に彼らの写真がアップされているだろうことは言うまでもなかった。

邪魔くさいが、彼らは「あの日に比べれば」と頭の中で繰り返し、黙々と仕事を進める。数年前にポンデザール橋の南京錠を撤去したときはもっと悲惨だった。やじ馬に加えて多くの記者がいて、世界中にそのニュースが伝えられると、ブノアとリリアンの写真や映像もたくさん流れた。二人とも仲間たちからしつこくからかわれ、散々だった。今じゃ笑い話だが、人生であれほど騒がしかった日々はない。それを思えば、これくらいの視線はどうってことはなかった。とはいえ、決して気持ちいいものではないけれど。

放ったらかしておけばフェンスが崩れて道の妨げになりかねないし、誰かがやらなくちゃいけない。撤去に心が痛むのは最初だけだ。仕事と割り切ってしまえば、南京錠がユーロに見えてくる。

二人で手分けして、フェンスの枠の内側を縁取るように切り取っていく。全ての面をくり抜き終え、ブノアは袖口で汗を拭いた。それからエンジンクレーンでトラックに一枚ずつ運んでいく。その間も若いカップルが責めるようにカメラを向けていた。

全て運び終えて、フェンスに戻る。ライオンの彫刻の周りに額縁が置かれたような状態は、それはそれで悪くなかった。本来の景観を取り戻したわけだ。周囲の人々の感情とは反対に、ブノアとリリアンはなんとも言えない達成感を味わった。これみよがしに彼らはタバコに火をつけ、一服する。

「これを運んだらランチにしないか」

リリアンはそう言って、このところ薄くなってきた頭髪を搔《か》き上げた。

「廃棄施設の近くにいいブラッスリーができたんだ。仔牛の横隔膜《バヴェット》ステーキがうまいらしい」

「いいね、それで決まりだ」

ブノアが運転席に座り、車を走らせる。リリアンは遠慮なく目を閉じ、すぐにいびきをかき始めた。

廃棄施設に着くとセドリックが「おお、早かったじゃないか」と下卑た笑みを浮かべた。

「午前中に帰ってくるなんて思ってもみなかったよ」

「ああ、慣れたもんだ。リリアン、着いたぞ起きろ」

「さすが愛の盗人《ヴォルール デ アムール》だな」

きどった言い回しをするんじゃねぇ、とブノアは吐き捨て、トラックから下りてバックドアを開ける。リリアンも寝ぼけ眼をこすりながら、助手席を下りた。

「ほぉ、今回も大漁だな。おい、お前ら手伝え」

セドリックと若いやつらが南京錠の山を運んでいく。それを見届けてブノアたちの今日の仕事は終了した。リリアンが話したブラッスリーに行ってみると、思いの外混んでいた。少し待たされそうだったので、ここはまたの機会にすることにした。リリアンは目尻を下げて、西の方を指さした。ブノアは「それはまずいって」と断ったが、彼が「無理するな」と強引に腕を引っ張るので、ため息をついて諦《あきら》めたように歩いた。

PMUという緑の看板の下に、カフェ「シェ・ジャン＝バチスト」はある。扉を開くとよく見かける面々がこっちを向いて「サリュ」と声をかけるので、二人もそれに応えた。すでに酒を引っかけている様子の店主、ジャン＝バチストはブノアたちを空いた席に案内し、「いつものセットでいいのか」と尋ねた。二人とも声は出さずに頷《うなず》いて返事をする。

運ばれてきたアボカドとターキーのサンドウィッチと白ワインはいつもと代わり映えしない。たいして美味《おい》しくないとわかっていながら、少しだけ期待してしまうのはなぜだろう。味はやっぱりいまいちだった。バゲットは乾いていて、ターキーはぱさぱさだし、アボカドは切ってから時間が経っているせいでじゅくじゅくだ。悪くないのはワインだけなので、つい酒が進む。

「ブノア、リリアン、今日の馬は選んだか」

そう声をかけてきたのは、弁護士のギョームだった。

「まだだ」とリリアンが答えると、「ほらよ」とギョームが二人のテーブルに新聞を置く。新聞の競馬欄にはすでにいくつも書き込みがされている。

「俺は9番が大穴だと思ってるんだが、12番で手堅く固めるのもありだ。これに乗る騎手《ドライバー》、最近かなりいいいんだよ」

ギョームはそう言って、マークシートをひらひらと見せた。

場外馬券販売公社《PMU》の看板があるカフェでは馬券が買える。競馬好きの二人はこの店で買うことが多い。二人が興じているのはギャロップではなく、トロットと呼ばれる競馬で、騎手は競走馬の後ろにある二輪馬車に乗って操縦する。だからトロットの騎手はジョッキーとは言わず、ドライバーと呼ぶ。この競技の特徴は馬を走らせるのではなく速足で争うことで、レース中は四本の肢のどれかが地面についていなければならず、万が一走ってしまったらその時点で失格となる。

「ブノア、今日は競馬場に行かないか」

「こんなくたびれてるのに、本気で言ってるのか」

リリアンは仮眠を取ったからか、ずいぶんと元気だった。

「せっかくだからさ」

「何がせっかくなんだ」

「俺たちは大事な仕事をしたんだ、きっといいことがあるさ」

「ポンデザールの時もそう思って、えらい目にあった」

「いつの話をしているんだ」

「あのときからずっとなんだよ」

あまりに負けが続き、妻からもこっぴどく怒られた。つい最近競馬をやめると誓わされたばかりなのに、さっそくやったらなんて言われるか。

「うちのだってカンカンさ。でもな、ちょっとぐらい遊ばなくちゃ、いい仕事ができないだろ」

「いや、やっぱりやめとくよ。今日はダメな気がする」

そう言ったブノアがマークシートにチェックを入れるまでさして時間はかからなかった。そのまま競馬場に向かおうとしたが、リリアンはふと目を見開いて「セドリックから金を返してもらうのを忘れた」と言った。

「別の日でもいつでもいいだろ」

「いや、今日中に返してもらわなくちゃ。運が向いてきたのに金がないなんてなったら、それこそ博打《ギャンブル》の神様に見放される」

「そしたらそこまでだってことさ」

「んなわけない！　そんなんだからお前はつきを逃してるんだ」

リリアンがそう言ってきかないので、仕方なく廃棄施設に戻り、セドリックを探しに中に入った。

この廃棄施設は解体工場とリサイクル工場が併設されており、この付近の金属の処理を一手に引き受けている。セドリックはリサイクル工場の方にいた。彼は「まだいたのか、ヴォルール デ アムール」と言った。ブノアは特に反応しなかったが、リリアンはまんざらでもないようで、ライフルを撃つ仕草でそれに応えた。

「ちょうど、お前らが盗ってきた南京錠が炉に入ったところだ」

金属は破砕されたのち、高温の炉に入れて製錬し、新たな金属製品にリサイクルする。そのモニターだ、とセドリックは言った。見ると、画面ではどろどろに溶けた金属が赤い光を放っていた。ブノアの手には南京錠の冷たさが残っていたので、なんだか不思議だった。

「愛が煮詰まってる」

セドリックは呟《つぶや》いた。

「昇華されていくね」

リリアンが言った。

「空いっぱいに愛が広がるってか」

ブノアが続けた。それから目を閉じ、祈った。

「何してるんだ」

セドリックがそう尋ねると、なぜかリリアンが「馬券が当たるよう神頼みさ。このあと競馬場に行くからね」と答えた。

「人の祈りに祈るのかい。変なやつだな」

セドリックはそれから「俺も連れてけよ。もうすぐ仕事の時間も終わるんだ」と言った。

三人はトラックに乗り込み、競馬場を目指した。ブノアの買った十ユーロが四千八百十二ユーロになることを、このときはまだ誰も知らない。

Trip 8

小学校

毎年夏になるとＮＨＫラジオの夏休み子ども科学電話相談が話題になる。子供の愛らしい素朴な質問も聞いていて和むが、それに対して専門家の先生がウィットに富んだ返しをするのも面白い。思わず唸《うな》ってしまうような回を聴くと、自分もそのような切り返しのできる大人になりたい！と少年の心に戻ってしまう。しかし気付けば自分も三十代で、できる大人にうかうかと憧れている場合ではなくなってきた。

後輩も随分と多くなった。僕の友人のひとりはこのあたりの年齢を「若手の長老、ベテランのルーキー」と言う。言い得て妙だと思うが、まさに若手らになんらかのアドバイスを求められるシチュエーションや、後輩でなくとも仕事で子供と話す機会も増え、その都度、どのように応えてあげるのが正解なのかわからず、格好がつかない。

先日もそのような場面があった。MCを務めさせていただいている『NEWSな2人』という番組で、変わった家族の形にチャレンジしている人たちを訪ねた。それはポリアモリー（複数と同時に恋愛する人）の家族で、子供が二人いるY夫婦の妻には夫とは別の彼氏が存在し、夫も同意の上で同じ家に住んでいるという人たちだった。そこに三人の子を持つシングルマザーも同居しており、合計九人で一軒家に暮らしている。これだけでもいろんな疑問が頭をもたげるが、それぞれに話を聞くなかで僕がもっとも気になったのは、後からきたシングルの女性の子供たちのなかに学校に通っていない子がいるということだった。

長女であるAは、不登校の理由を「同じ時間に同じこと勉強するってなんなの、意味わからなくない？　謎だよね」とするどい語気で僕にまくし立てた。

親たちはこのことについて三者三様で、学校に通って欲しいと言う人も、自分の意志で行かないのは本人の選択だからいいのではないかと言う人もいた。その流れから、「加藤さんはどう思われますか？」と尋ねられた。つまり、小学校に通うべきかという哲学的かつ根源的な質問を不意に受けたのだ。

夏休み子ども科学電話相談の専門家ならどう答えるのだろうと思うが、残念ながら相談内容は科学のように答えが明白なものではない。なおかつこれはテレビ番組なので、A以外にも不特定多数の視聴者を意識しなければならない。不用意に学校に行くべきだとも、行かなくてもいいとも言えない。しかし、慎重になるほど歯切れも悪くなる。非常に難題だった。

大前提として、いじめなどで心身に危機が及ぶ場合には無理して通う必要はないと強調しておく。このケースはそうではないので、まずはAの気持ちを十分に理解してあげたいと思い、彼女の言った堅苦しさというものについて考えてみた。つまり学校特有の、決まった時間割でみんなが一様に動く、全体主義的な不自由さに嫌気がさしているということだと察する。シンプルに日本の学校制度に疑問を持っているのだ。そこにはこの自由な家族の影響もあるようにもみえるが、Aの意志は思ったよりも固く、実際にこの疑問を持って学校の教頭と議論をしに行ったそうだ。

それでも通っていないということは、その議論は彼女にとって学校に行く意味を見出す活路にはならなかったということだろう。とすると、もっと自由に個人に合わせた教育なら、納得できる可能性はある。実際、そういう教育の必要性は発信、提言されているし、世界には個性を育む教育が主流の国もある。その点では、彼女の思いは核心をついているし、共感もできる。

ただ、それを主張する彼女が、具体的な何かに興味を持って勉強しているかというとそうでもない。習い事やフリースクールに通う気はなく、自主的な勉強もいっさいしない。ただただ毎日ゲームなどをして過ごしている様子だった。

ゲームが悪いとは思っていない。しかし彼女がゲームをしている姿を見て、あくまで主観ではあるが、熱中というよりは暇つぶしという印象を受けた。

「勉強なんて自分でできるし」と彼女は言った。つまり、いつかやりたいことが見つかったときに、そのことだけを勉強すればいい、というスタンスで生活している。それはゲームではなさそうだった。

少女Aと話していると、ポリアモリーである妻が彼女を肯定するように、「行きたくなったらまた行けばいいしね。いくつになってからだって、スタートはできるし」と言った。

この文脈を踏まえて、最終的に僕は「行った方がいいと思います」と答えた。

「学校に行かないと、学び方を学べなくなるんじゃないかな」

確かに、人生はいくつになってもやり直せるし、好きに生きていける。自分もそう信じたいし、そういう社会でなければならない。しかし、いつでもスタートできるように、人は学べるときに学んでいなければいけないとも思うのだ。

数学者や物理学者の偉大な発見というのは実は二十代でのものが多い、という話を耳にしたことがある。もちろん、老齢での大発見も多くあるとは思うが、肉体と同じく、頭脳にも若さゆえにできるパフォーマンスがあるのも不思議ではない。そしてこの話は、三十代になった自分を過信せず、今を大事に生きようと奮い立たせるのに、役立っている。ことさら幼少期は、貴重な学びの季節と言っていい。このタイミングで得た、有象無象、ランダムな知識や出来事、経験はその後の人生を大きく形作る。

大阪に住んでいた小学一年のとき、阪神・淡路大震災が起きた。地震の瞬間は恐怖心もありながら、どこかその異常事態を面白がっている自分がいた。しかし翌日登校すると、朝礼で校長から教師がひとり亡くなったことを告げられ、死は突然やってくることを知った。小学二年のある日、友達から無視された。僕の言動が気に食わないとのことだった。人から嫌われるという経験を初めてした。小学三年で転校が決まり友との別れを悲しみ、小学四年でジャニーズに応募したことをクラスメイトにからかわれ、小学五年で一日だけ不登校をした。

あのとき、僕はいじめられたわけではない。ただクラスメイトや、それを取り巻く人間関係になんだか急に疲れたのだ。朝ごはんのときに家族に「学校に行きたくない」と告げると、父は「じゃあ、俺も休もうかなぁ」と会社に連絡した。共働きだったので母だけは仕事に行き、父と一日二人きりで過ごすことになった。特にすることもなかったので、近所にできたばかりのレンタルビデオ店に行き、そこで『タイタニック』を借りた。父が作った昼食は、確か焼きそばだったと思う。ときどき作る父の料理は母のものとは違って、大胆でうまかった。それからリビングで四時間近く、僕らは沈没する豪華客船の話を静かに見続けた。ときに交じる色っぽいシーンでは二人の間に気まずさが漂った。見終えた頃にはすっかり夕方だった。差し込む西日の中で、僕はふと明日は学校に行こうと思ったのだ。父を休ませてしまった罪悪感もあったかもしれないが、なんというか、あの瞬間に不登校に満足したのだ。

その一年後の小学六年生で、同じクラスのある男子生徒が女子生徒に性的なからかい方をしたことが問題となり、ホームルームの時間に女性の担任教師が自身が過去に受けたレイプ紛《まが》いの行為を告白し、泣きながらその痛みを話した。

僕の小学校時代は、授業で学んだ知識以上に、強制的に集団生活を送る日々から学んだこととの方が多かった。友人との出会いや、初恋なども経験したし、俳句大会で佳作に入ったことも小さな成功体験の記憶としてある。一方で体育が苦手だった僕は運動会にはあまりいい思い出はないし、毎年夏休みに水泳の補講で残されているのを、クラスメイトに見られて馬鹿にされるのではないかとひやひやしたこともある。

今思えばひとつひとつの経験や記憶から広がっていった学びは多く、学校は社会の縮図とも言えたし、結果的に協調性と自主性の両方を培うことになった。

これは決して能動的に選択できるものではない。受け身であるがゆえの、ある種不条理な経験を自分に通すことで、その後の人生がいくらかたくましくなる。生きていくということそのものが不条理の連続なのだから。

人生はいつだって何回だってスタートできる。けれど、自分より前に多くの人がスタートしている。そしてその多くの人と並んだり、追い越したりするためには、生半可な勉強では追いつけないということだけは覚悟しておくべきだ。

それは知識だけでなく、全てを包括した人間力と呼べるものも同じだと思う。逆に言えば、それがある程度あれば人生はきっと何とかなる。だからこそ、何があっても前に進めるようにする準備として、人間力の基礎は養っておくべきだ。これが僕の言いたかった「学び方を学ぶ」ということの意味だった。

と、ここまで長々と連ねたが、これをAに伝えたところできっと伝わらない。これはあくまで僕の人生の話である。自分の成功体験、失敗体験を告げて、「だから君も学校に行きなさい」なんて、学校に行きたくない子供には響くわけないのだ。

だから「学び方を学ぶため」に学校へ行った方がいいという言葉でAに伝え、なるべくわかりやすくその意味を話したつもりだったが、やはり彼女には理解しがたかったようで、最後は彼女の「まぁ人それぞれだよね」となんとも悔しい締め方で議論は終わってしまった。以来、ずっと小学校の意義について、わかりやすく伝えられる方法を考え続けている。

そんな折「クロールのバタ足は速くなる効果がないどころか、抵抗を増やす」という研究結果が発表され、愕然《がくぜん》とした。筑波大と東京工業大の研究チームの実験結果によると、秒速1・1メートル（100メートルのタイムで90秒91に相当）の低速ではバタ足は推進力になるものの、秒速1・3メートルを超えると足の動きが水の流れを妨げ、抵抗は速度の3乗に比例して大きくなっていった、という内容だった。

夏休みに残ってまでやったあの水泳はなんだったのか。バタ足だけひたすら練習した時間は不毛だったのか。そもそもバタ足の効果のなさになぜ今まで誰も気づけなかったのか。

こんなことがあるならば、夏休み子ども科学電話相談の回答にも間違いがあるのではないかと疑ってしまう。大人だって間違いを教える、と少年時代の僕がしょんぼりしている。

しかし、それでもなお、やはり小学校での教育は無駄だった！　もっと自分にマッチした教育を主体的に選んでいくべきだった！　と思わないのはいったいどうしてだろう。

そもそもバタ足を教えられなかったら、僕はどうやって泳いだのだろうか。泳ぐことすらしなかったかもしれない。

水泳は得意じゃないけど、今でも泳ぐのは好きだ。それはあの頃、水泳が苦手な仲間と残って一緒に練習したからだし、あの仲間たちと食べた自販機のアイスの味はずっと覚えている。

下手でも泳げないよりずっとましだ。

次に泳ぐ機会があったら、バタ足を抑えてクロールしてみるだろう。それから思いっきりバタ足をしてみるだろう。バタ足をしないで速く泳げたらきっと興奮するだろう。それから次にバタ足をしない速い泳ぎが気持ちいいのか、それとも身体を思いっきり動かすバタ足が気持ちいいのかを試してみるだろう。僕はそんな風に遊んでみるはずだ。

小学校にあったあの塩素臭い、タイルの剝げた青いプールを思い出しながら。

Trip 9

スリランカ

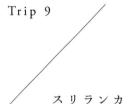

Hatred ceases not by hatred, but by love. ——憎しみは憎しみによって止むことはなく、愛によって止む——

＊

きっかけは、旅行好きの友人との何気ない会話だった。彼はもっともよかった旅行先に「スリランカ」を挙げ、その理由を問うと「ジェフリー・バワの建築が素晴らしかった」と答えたのだ。

その名を知るどころか、スリランカに建築のイメージが全くなかった僕は、すぐに「スリランカ　バワ建築」と検索エンジンに打ち込んだ。すると森の中に埋め込まれたような、まるでアニメや映画の世界と見紛《みまが》うほどの建築物が画面に現れる。「ヘリタンスカンダラマ」というリゾートホテルだった。ほかのバワ建築もどれもデザイン性が高く、アジアンリゾートとしての様式はきちんと保ちながらも、伝統的な固定観念から脱却しているような印象を受けた。

彼の経歴も関心をそそった。一九一九年にスリランカの旧首都コロンボで裕福な家庭に生まれたジェフリー・バワは、イギリスで法学を学び弁護士となるが、三十歳を目前に自分の理想郷を造るため国内のベントータに土地を買う。しかし建築知識のなさにつまずき、再度イギリスに戻って建築を学ぶ。ゆえにバワの建築家としての人生がスタートしたのは三十八歳からだが、その後の活躍には目を見張るものがあり、八十三歳で亡くなるまで多くの優れた建築物を残した。プールの縁を水で覆い隠し、見えなくすることで外観と一体となったように見える「インフィニティプール」、これもバワの発明だという。

南アジアにこのようなデザインがあると思っておらず、そのギャップも含めて途端に彼のファンになってしまった。波及して僕の中にスリランカへのアンテナが立ってしまい、不思議なことに雑誌やテレビからこの国の情報がやたら入ってくるようになる。友人との会話でもふとスリランカの話が出たりする。あぁ、これは呼ばれてるなぁ、そう思った。僕はこの感覚が生まれたら旅立つと決めている。その先が吉方に違いないと思うのだ。そして六日間というまとまった時間を確保できた僕は、旅好きの友人たちとスリランカへ旅立った。

とはいえ、四泊六日でスリランカを網羅するのは少々厳しい。北海道ほどの面積であるスリランカには世界遺産を含む見所が多くあるが、歴史の中で都が転々としたこともあってそれらは散在している。それでも貴重な休みなので、バワ建築はもちろん、世界遺産であるダンブッラ寺院やシーギリヤロック、ジープサファリ、コロンボ市街地、ゴールフォートなど南北をアグレッシブに巡る計画を立てた。

成田から直行便でおよそ九時間。空港に降り立つと早くもエスニックな香りが鼻をかすめる。雨季のため外は猛烈な雨で、雷も東京では感じたことのないほど眩《まぶ》しく光っては轟音《ごうおん》を響かせていた。なかなかの歓迎だと思ったが、湿気に嫌味がないのはスリランカの特性か、あるいは自分の心持ちのせいか。

初日はそのままホテルで休み、翌朝にチャーターしたバスでダンブッラを目指す。昨晩とはうってかわり、太陽はアジア的雑然とも言える街並みを煌々《こうこう》と照らしていた。その無秩序な景観はスリランカが多宗教国家というのが一因なようで、寺社やキリスト教会、モスクが渾然一体となって独特の色合いを作り出している。

多宗教といっても上座部仏教の教徒が国民の七割を占めており、僕らを案内してくれたスリランカ人のガイドも仏教徒だった。日本語があまりにも流暢《りゅうちょう》だったのでその理由を尋ねると、「高倉健に憧れて日本に十五年ほどいました」と彼は答えた。言われてみれば心なしか似ている。

「スリランカ人の仏教は、生まれ変わらないためにあります。そしてスリランカ人は五つのことを毎朝誓います。それは『生き物を殺さないこと』『盗まないこと』『嘘をつかないこと』『酒を飲まないこと』『好きになりすぎないこと』です。何かを好きになりすぎると別れがつらかったりします。苦しみもあります。いろんな問題が生まれます。愛することは大事ですが、好きになりすぎることはよくないという教えです」

バスのなかで思いがけず哲学を聞くこととなったが、こういったところにスリランカ人の人間性が垣間《かいま》見える。

ガイドが話したのは仏教のいわゆる五戒だ。しかし最後の『好きになりすぎないこと』は、本来は「不邪婬《ふじゃいん》」のはず。微妙にニュアンスが違うように思ったが、彼なりの解釈なのか、それともスリランカでの共通認識なのかはわからない。ただ、『好きになりすぎない』というのはある意味で物事の核心をついているように思えた。恋は盲目などというが、何かを注視すれば何かを見失うというのは、誰にでもいくらか経験のあることだろう。それまでバスの中で騒いでいた面々もこのあとしばらく静かになった。

巨大な岩山の中腹にあるダンブッラ寺院は二千年以上前から僧院として機能しており、幾度となく改修、修繕が行われてきたという。驚くべきは、石窟《せっくつ》の内側が雨に濡れないよう計算されたその掘削技術だ。外観の迫力もさることながら、五つに分かれた内部には大きな涅槃像《ねはんぞう》や黄金の仏像があって、壁は一面仏画で覆われている。

細部までのこだわりに仏陀《ぶつだ》への深い敬愛を感じていると、ガイドが手の形に注目するよう言った。まるで何かを摘《つま》むように親指と人差し指をくっつけている。

「これは『良いものだけを選びなさい』ということを表しています。まるで紅茶の茶葉を摘《つ》むようです」

スリランカに紅茶が入ってきたのは十九世紀のこと。偶然にしてはできすぎてはいないだろうか。

しかし「良いものだけ選ぶ」というのは一体どういうことだ。人は良いものしか選びたくないはずでは？　しばらく考え、実はこれは大変に難しいことではないかと思い直す。例えば、良い食事だけを選ぼうと思っても多忙に任せて適当なものを口にしたりする。自分にとって必要なことではないけれど、しかたなく受け入れたり、もったいないと思って引き受けた経験もある。「適当に」「もったいないし」「せっかくだし」。そんな考えから自らの眼を曇らせる。

やっぱり必要なかったと後悔してきたことは無数にある。しかしそうしてしまうほど日常には複雑なものが猛スピードで行き交っていて、常に良いものだけを選りすぐるというのはかなりの体力と集中力を要する。そして良いものというのは得てして消えやすい。ふとギリシャ神話「カイロス」の前髪の話を思い出す。

——と別の神に思いを馳せていると、瞑想《めいそう》する釈迦像《しやかぞう》が目に入る。迷ったときは目を閉じて考えろ、そう言われている気がした。

その夜、目的のホテル「ヘリタンス カンダラマ」に足を踏み入れた。森の中から突如姿を現すその建築は荘厳でありながら、どこか控えめにも思えた。期待外れという意味ではない。まるで地面から発生したかのように、あまりにも自然にそこにあるのだ。ロビーからホテル棟に抜けていく廊下には岩肌が突き出ていて、凄んでいるようにも歓迎しているようにも感じられる。

「ここにホテルを建てるとき住民は反対しましたが、バワは環境を守ることを約束しました。彼は環境をとても大切にしていました」

ホテルスタッフの解説をガイドが訳す。

森に溶け込むような外観からも、岩肌を生かした内観からも、そして随所にある動物をモチーフにしたオブジェからも、彼が自然に惹《ひ》かれ、自然との共存を目指したことが感じられる。ふとガウディ建築を思い出した。彼は自然から得た着想を建築に取り入れており、その結果円形や曲線が多用されていることを以前この連載で書かせてもらった。バワ作品にも曲線はある。例えば度々登場する椅子も背もたれのトップがくるりと丸まっていたり、座面がカーブしていたりする。しかしバワはガウディほど曲線に頼りすぎていない。空間を割るような直線も多くあるのだ。これはガウディとは違うアプローチでバワが作品を作っているからではないか。つまりバワは、リゾートホテルとしての意義を忘れていないのだ。

自然＝曲線と強引に位置付けるなら、不自然＝直線となる。つまりリゾートという非日常＝不自然の世界を浮かび上がらせるには直線が必要不可欠になるはずだ。そもそも建築とは不自然なものである。それをいかにして自然に溶け込ませていくか。そう意識して見ると、バワの直線と曲線のバランスの絶妙さには舌を巻く。この試みはデザインだけではない。木々に覆われているからこそ、経年とともにどんどん自然に飲み込まれ、一体化していくように造られているのだ。

バワの特徴はまさにここだ。彼は対照的な二つを掛け合わせる。自然物と人工物。

直線と曲線。時間と空間。バワ自身、若い頃から世界を転々とし、旅をしてきた。同性愛者でもあったという。短絡的にあれこれを結び付けたいわけではないが、そういった人生だったからこそ多様性を受け入れ、発展を目指すことに努力を惜しまなかったのではないか。この挑戦を見事に成し遂げたバワの偉業を感じるだけでも十分に来た甲斐《かい》があった。そう思いながら部屋に入ると、バルコニーから猿がこちらを覗《のぞ》いていた。まさに自然に愛されている証《あか》しだ。

そのほかの名所も大いに満喫して日本に戻り、改めてスリランカについて調べた。そこで一九五一年のサンフランシスコ講和会議でのちのスリランカ第二代大統領ジャヤワルダナの行った演説を知る。ジャヤワルダナは条約への賛成を表明し、日本の独立回復を支持する立場を取り、対日賠償請求権を放棄すると宣言した。その理由に仏陀の言葉を引用した。

——憎しみは憎しみによって止むことはなく、愛によって止む——

この演説が日本を分割統治から救ったとも言われている。恥ずかしながら無知な僕は、この史実を今まで知らなかった。

どれだけ力強い言葉だろうか。そしてこの言葉を言うにふさわしい人はどれだけいるのだろうか。

ガイドの五戒を思い出す。好きになりすぎないこと。それは裏を返せば憎みすぎないこと、とも言えるように思う。

自分に悪意の矛先が向けられたとき、僕にはいつも思う言葉がある。「自分に刃を向ける人を抱きしめられる大人であれ」。誰かに教えてもらったものではない。自分を律するために編み出した一つの処世術のようなものだった。憎しみは憎しみを生みやすく、それは永遠に自分を苦しめる。だから誰かがその連鎖を断ち切らねばならない。より強い愛で。しかしこれを実践することは容易ではない。ときに感情的になりそうなときもある。なってもいいのではないかと思うこともある。しかしこの史実はそれが間違いであると伝えてくれている。おかげで僕はまだ、どうにか強くいられる気がした。

振り返って、スリランカで得たものは良いものだったと断言できる。記憶にあるどの瞬間も紛れもなく良質だった。ただひとつ問題があるとすれば、紅茶とココナッツとスパイスの香るあの国を、野生の象が溢《あふ》れ象の孤児院まであるあの国を、葉の鮮やかな緑を夕日が照らすあの国を、ときに空が雷の咆哮《ほうこう》をあげるあの国を、仏陀の息遣いが聞こえるあの国を、僕が好きになりすぎないことなどできるのだろうか。

Trip 10

渋谷

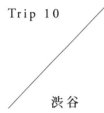

「地元」という響きに強烈に憧れる。僕の出生地は広島だが、五歳頃には大阪の豊中、九歳で横浜市のT駅へ引っ越し、小学校卒業後に渋谷の青山学院大学附属中学へ入学すると、同時に住まいをT駅の隣の駅に移した。以来その実家のあるところには友人はひとりもおらず、地域のイベントに参加するということもなく、ただ帰る場所でしかなかった。

広島も大阪も横浜も、住んだ土地にはそれなりに親しみはあるのだけれど、どれももう昔の話で、思い起こされる景色の記憶も曖昧《あいまい》だ。だから出身地などを訊かれると戸惑ってしまう。

初めて地元の存在を意識したのは、芸能事務所に入ってすぐ、プロフィール作成用の質問用紙にあった出身地の欄だった。もしここに実際の出生地である広島と書くと、ほとんどが関東勢のタレントのなかでそこが目立ってしまい、「君広島なの?」「広島ってどんなところ?」「やっぱりカープファン?」という質問攻めに遭う可能性がある。それに答えられるほど僕は広島を知らない。だったら目立たないように横浜と書いてしまってもよかったが、そう割り切ってしまうのもどこか納得がいかない。いろいろ踏まえた結果、記憶も愛着もある大阪と書くのが一番得策に思えた。

しかしその計算はあまりうまくいかなかった。当時関西地方に在住していた先輩たちから、「あんまり大阪っぽくないなぁ」「東京のぼっちゃんって感じやん」「そや、シティボーイや」と言われたのだ。決して東京のぼっちゃんでもシティボーイでもないのに、大阪の人から見れば自分から醸されるものは西ではなく東のそれだったようで、寂しいのと同時に、出自というのはどこか匂い立つものがあるのかもしれないと思った。大阪の先輩たちは、地元愛が濃く、人間としても強く感じられた。一方で土地の匂いの薄い僕は、すごく芯のない、弱い人間のような気がした。

地元が欲しい――。帰属する土地への憧れはこの頃に芽生えた。

中学からは渋谷に通う生活を高校卒業まで六年間続けた。親しくなった友人たちはみんなばらばらのところから通っていたから、おかげで「地元」の話が出ることはほとんどなかった。もしそういう会話になってもそれぞれの繫《つな》がりがないため盛り上がるという感じではなく、ただの近況として受け止められた。そうして僕らはいつも渋谷にたむろするようになった。

毎朝七時の電車に乗り、終点渋谷に着いて、友人と落ち合い、国道２４６の方から渋谷クロスタワーという高層ビルの中を抜けて校舎を目指す。スクランブル交差点や１０９などのある方面とは違い、こちら側は渋谷にしてはそれほど人が多くなく、ほとんど通勤か通学が目的だった。しかし例年四月二十五日だけは、渋谷クロスタワーのテラスに多くの人が集まる。ここには尾崎豊のレリーフがあり、命日になるとファンが彼を偲《しの》びにくるのだ。死後十年ほど経っているのに、ファンの数はとても多かった。壁は彼へのメッセージでいつも埋め尽くされていた。すでにタレント業に足を踏み入れていた僕は、憧憬の眼差《まなざ》しでその様子を見ていた。

放課後は渋谷のカラオケやゲーセンに寄ることも多く、休みの日も定期券があるから渋谷に集まった。意味なくデパートの屋上に行って渋谷の街並みを見下ろしたりもした。そのなんでもないような時間が穏やかで好きだった。

ある日センター街でたむろしていると、他校の生徒に話しかけられて仲良くなった。彼は役者になりたいと言っていた。その後しばらくして、彼をテレビで見かけた。本当に役者になっていた。今は映画監督もしているという。彼とはまだ共演していないけれど、きっとどこかで再会する気がする。

いつも一緒にいた仲間は、高校になるとそれぞれの時間を過ごすこともあった。僕はデビューが決まり忙しくしていたが、友人は先輩に憧れてダンスを始めた（ちなみにこの先輩はオリエンタルラジオの中田さんの弟でもあるＦＩＳＨＢＯＹで、高校のときにストリートダンスの全国大会で優勝した）。

その友人が放課後に渋谷の公園でダンスを練習するのを見たことがある。大きなガラスを鏡にして、細かい動きを丁寧に確認していた。どちらかといえばシャイだった彼が、ダンスを習い、しかも渋谷の公園で人目を気にせず踊っている。そのとき彼が踊っていた音楽を、僕は帰りにHMVに寄って買って帰った。ポイントカードも作った。ポイントが溜まっていくとカードの色が、黒から銀、そして金へと変わると知り、ポイント二倍になる毎週水曜日は必ずHMVに行ってCDを買った。もはやCDが欲しいのか、金色のカードが欲しいのかよくわからなくなりながらも、最終的に僕はそれを手に入れた。あのカードはいまどこにあるんだろう。

僕にとってそんな渋谷は通学先というだけではなく、もうすこし前から別の関係もあった。芸能活動を始めたのは一九九九年、渋谷の私立中学に入学する一年前、小学六年の頃だった。事務所から突然電話があり、明日オーディションがあるので時間があるなら来て欲しいと知らせを受けた。会場は渋谷のNHKのリハーサルスタジオだった。オーディション当日、母と共に初めて渋谷に行った日のことを覚えている。

九〇年代は、ギャル文化の聖地ということもあって渋谷はワイドショーなどで良く取り上げられていた。それを幼いながらに見てきたせいか、実際に渋谷に来ても別段驚くことはなかった。ただ建物は高かった。

華やかな一方で怖くて危ない場所という印象もあったけれど、その日は日曜日ということもあってか買物客と思《おぼ》しき人で賑《にぎ》わっていて、健全で明るい街に感じられた。井の頭通りを歩いていくと徐々にその明るさは静まり、右側の毅然《きぜん》とした建物が視界に入る。そこが目的地だった。

スタジオ内に入ると五十人ほどの同世代がいた。ここにいるみんながタレントになりたがっていると考えると、どこかおかしかった。そもそも受かるなんて思っていなかった僕は、人生の思い出としてせめてこの記憶を留めておこうと思った。あっというまにオーディションは終わり、最後に二つの番号が呼ばれた。一つが僕の胸についていた番号だった。もう一つの番号を呼ばれた人が、今何をしているかはわからない。

以来、音楽番組に先輩のバックダンサーとして出演することになり、他にもコンサートのリハーサルやダンスレッスンなどもそこで行われたため、土日に仕事で渋谷に通うことも増えていった。

仕事帰り、仲間と恋文食堂というレストランでオムライスを食べるのが恒例だった。当時流行ったとろとろのオムライスで、僕らはそれに夢中になった。

恋文食堂という店名は渋谷にかつてあった恋文横丁に由来し、またその通りの名は朝鮮戦争の時代、米兵にラブレターを書く代書屋があったことによる。その代書屋をモデルにした丹羽文雄の『恋文』という小説がヒットすると、代書屋のあった一帯が恋文横丁と呼ばれるようになった。それにちなんで恋文食堂の入り口は大きいポストの形をしていた。店内にも本物のポストが置かれており、投函《とうかん》もできるとのことだったが、実際にしたことは一度もなかった。

これだけ通ったのだから、「地元」を強いて挙げるのであれば渋谷になるのではないかと思っている。ただ地元を訊かれて、「渋谷」と答えるのはなんだか気が引ける。実際にこの街で生まれ育ったというわけではないし、印象として「地元は渋谷です」と答えるのは感じが悪い気もする。でもそう思っている時点で渋谷を心から愛せていないのかもしれない。僕が憧れる「地元」のある人たちはもっと純粋な思いを持っている。この程度の愛情で「地元」としていいのか。

毎年一月半ばになると、そういった地元に対する複雑な感情を、会話のなかで不意に刺激される。「加藤くんって成人式出た?」

僕は成人式に出ていない。そもそもどこの成人式に出るべきだったのだろう。出席の権利がある成人式は、なんの思い入れもない、住居がその自治体に属しているというだけのものだ。面識のない同年齢の人間たちと成人したことを祝うというのは、考えただけでしんどかった。笑顔溢《あふ》れる光景にうまく溶け込める気がしない。すでに芸能の仕事をしていた自分としては、そこでどんな目に遭うかもだいたい想像できた。

結局成人の日は夕方までだらだら過ごし、夜から渋谷へと足を運んだ。自分たちで主催した成人パーティーの会場はイタリアンレストランで、中高の同級生数十名が集まり、男子はスーツ、女子は晴れ着に身を包んでいた。立食形式で、いかにも都会で育った人間のパーティーといった趣だった。どこの人間でもなかった僕は、時を経てようやくシティボーイに近づいた気がした。とはいえ、僕らみんなスーツは似合っていなくて、いかにも背伸びしてそこにいるといったあどけなさが浮き彫りで、それはそれで愛おしかった。

僕たちは渋谷で育ち、渋谷で大人になった。そんなことを口にせずともどこかで確かめ合っている気がした。

中学からの親友たちと慣れないビールを口にしていると、高校からダンスを始めた例の友人の顔が早くも赤くなっていることに気づく。その理由を尋ねると「昼間に地元の成人式に出てきて、すでに結構呑《の》んできている」と彼は言った。式が儀礼的で区長の話が長かったとか、小学校時代の友達が別人のようになっていたとか、なんてことない愚痴を交えながら笑って僕に話してくれた。「そうなんだ」と適当な相槌《あいづち》を打つことしかできない。他にも成人式に出てきてから参加している友達がいた。

彼らは僕と同じように中学から私立に入学していたが、住まいは生まれてからずっと同じ、東京の郊外で、地元の公立中学には行かずとも、小学校の仲間とは友人関係が続いていた。それまであまり口にしていなかっただけで、彼らにはきちんと地元があって、渋谷があった。

小学校時代の数少ない友人とも中学以降は疎遠になってしまった僕とは違って、

ちゃんと地元を持った上で、渋谷に通学していた彼らの話を聞いていると、どことなく寂しい気分になる。憧れと嫉妬《しっと》のような感情もかすかに混じった。なおさら、自分の地元は渋谷なのだ！　と決定づけてしまいたい。デビュー作から三作続けて渋谷を舞台にしたのには、こういった反発のような帰属意識が働いたことも要因なのだろう。

あれからまた十数年が経ち、渋谷は自分の通学先だった頃からすっかり様変わりしてしまった。終点だった渋谷は別の路線と繋《つな》がって埼玉の方まで行けるようになった。毎朝友人と集まっていた改札口はなくなってしまった。友人がダンスをしていた公園も、水曜日に通っていたあのＨＭＶも、恋文食堂も今はなくなり、違う店になっている。地元と呼べる片鱗《へんりん》はもうほとんど残っていない。尾崎豊へのメッセージは今もあるのだろうか。

僕が憧れてきた「地元」を持つ人々のように、自分のベースがここにあるかはわからない。けれどここで生きてきた、という事実だけは確かにある。変わりすぎる街並みに途方に暮れることもあるし、本当の意味で地元とは呼べないかもしれないけど、僕たちが集まる場所は常に渋谷で、そこにはいつも夢とか希望とか未来とか、口に出せば照れてしまうような、瑞々《みずみず》しくて眩《まぶ》しいものの芳香が漂っている。

成人の日のパーティーで顔を赤らめていた親友は、今は地元から離れている。ダンスはやめ、会計士になって就職し、結婚し、二人の子供を持ち、家を買った。その子たちの地元はきっとそこになる。東京の中心地で、本物のシティボーイが生まれる。

Trip 11

パリ

元号の節目を間近にいよいよ騒がしくなっていた日々、僕はその話題に疲れていた。平成を懐かしんでは似た話を繰り返し、それでいて新時代がよいものになると確信しているような風潮に飽きていた。前回の改元時は一歳半だった僕にとって、平成は僕の人生そのものとも言え、それを強制的に振り返らされるような毎日にすっかりくたびれていた。改元後に期待ばかりしているのも都合がいいように思えてしまい、節目はただの節目でしかないだろう、とシニカルになっていく自分の可愛げのなさもまた鬱陶《うっとう》しく思う。

そんな改元のさしせまった四月中旬の朝、寝《ね》ぼけ眼《まなこ》でネットニュースを見ると、パリのノートルダム大聖堂が大規模な火災に見舞われていることを知った。生配信の動画によると火はまだまだ消えそうもなく、むしろ強さを増しているようだった。何百年も在り続けてきた建築が焼ける様はさながら三島由紀夫の『金閣寺』だ、と思うことは不謹慎にあたるのだろうか。ぼんやりした頭でそんなことを考えながら、思い当たることがありスマホに保存されている写真を見返した。

あれは二〇一一年の十一月だったと思う。その日付を探してスクロールしていく。ひとりでパリに向かい、二日目の夜に友人と合流するまで、丸一日はひたすらパリ市内を歩きながらハッセルブラッドのフィルムカメラを使って写真を撮り続けた。フィルムは現像後に全てスキャンしてスマホに移してあったはずだ。

指を上下させてパリの写真を見つけると、思わず「あっ」と声を漏らしてしまった。パリ旅行一枚目の写真がまさにノートルダム大聖堂の外観だったのだ。自分がノートルダム大聖堂を訪れているかどうかを確認するためにスマホのアルバムを遡《さかのぼ》っただけに、それが一枚目の写真だったことにはとてもびっくりした。

つまり僕のパリ市内散歩のスタート地点はこの近辺で、記念すべき一枚目こそノートルダム大聖堂だったわけだ。それなのに僕はすっかりそのことを失念していた。

二枚目は大聖堂内部の写真だった。高い天井の下にベンチが並べられ、それらを包むように極彩色《ごくさいしき》のステンドグラスから光が透けていた。奥にはピエタと呼ばれる、キリストの遺体を抱く聖母マリアを描いた彫像、そして十字架がある。厳かでありながら温かみを感じるその空間を見ていると、すっとそこに吸い込まれそうな気分になる。

祭壇に並べられたキャンドルの写真もあった。今まさに燃え盛っているノートルダムを思いながら、小さなキャンドルの火を見ているとどうにも心の収まりがつかない。他の写真も次々に見返していく。そのうちに、パリの記憶が鮮明に蘇ってくる。


あの年、僕が初めてパリへ行くことができたのは友人のおかげだった。彼はスペインからパリへと抜けるヨーロッパ旅行を計画しており、それに誘われた。全部で十日ほどの日程で、急遽《きゅうきょ》だったこともあり、さすがにその期間を空けることは難しかったが、パリからの数日ならどうにか行けそうだった。彼はそれでもいいと快諾してくれ、僕はその旅に便乗することになった。なにより、僕はどうしてもパリに行きたかった。

当時、パリは憧れの街だった。ちょうどその頃知人にボリス・ヴィアンの『日々の泡』を勧められ、幻想的で甘い世界だからこそ際立つ灰のような苦味に僕はすっかりはまっていた。そしてボリス・ヴィアンがミュージシャンでもあったことを知り、その流れからセルジュ・ゲンスブールに辿《たど》りついた。『ゲンスブールと女たち』という映画を見ると、僕は彼の音楽だけでなく生き様、人間性にまで心酔し、この二人を生んだパリという街に少しでも触れたいと思っていた。

シャルル・ド・ゴール空港に到着し、宿泊先の四区マレ地区のアパルトマンへ着いた頃にはすっかり夜だった。翌日、朝からカメラを持ってセーヌ川沿いに散歩をした。

シテ島にあるノートルダム大聖堂は多くの観光客で賑《にぎ》わっていた。ガイドブックで観光スポットとして紹介されているから寄った程度で、ヴィクトル・ユゴーの

『ノートルダム・ド・パリ』も、それを原作にしたディズニーの人気映画『ノートルダムの鐘』も見ていない僕にとって、特に思い入れがあるわけでもなかった。それでも通り過ぎるのは違う気がして、無料だし、とりあえず入ってみたのだ。今となればもっとありがたがっておくべきだったのだろうけれど、往々にしてこういうことは機を失ってから気づく。

ひとつ思い出したのは、大聖堂は左右対称の正面《ファサード》よりも後ろから見た姿の方が個人的には印象が強かったことだ。フライングバットレスと呼ばれるアーチ型の梁《はり》の曲線と、奥にそびえる尖塔《せんとう》のバランスがシャープで好きだった。

そこから七区にあるというセルジュ・ゲンスブールの旧私邸を目指す途中、巨大なオブジェが目についた。赤、青、シルバーのメッキが施された何か植物を模したようなその彫刻の台座には「VEGETABLES」と彫ってある。なんの野菜かしばらく考え、アーティチョークだとわかったときは思わず膝を打った。さすがフランス、代表的な野菜がアーティチョークか、日本ならば一体なんだろう、日本原産の野菜というものはなかなか少ないからな、代表できるもので世界に知られているものは強いて言えばワサビだろうか、などと考えているうちにゲンスブールの邸宅に着いた。

ゲンスブールの邸宅の壁が見ものとなっているのは、パリの洗練された街並みにおいてその一箇所が異様に雑多であり、それでいてひとつの作品のようになっているからである。多くのファンが敬愛を込めてスプレーでメッセージやイラストを書いた、というだけでなく、上手な似顔絵もあればふざけただけの落書きのようなものまで様々だった。とりわけ、ゲンスブールが作詞作曲しジェーン・バーキンと歌ったヒットソング、また彼が監督した同名映画『ジュ・テーム・モワ・ノン・プリュ』にかけて、壁にジュ・テームの文字が多く並んでいた。その官能的なフレーズの色気と滑稽さが無秩序にちりばめられるさまは、なんだかゲンスブール的だと思う。

それからランチで寄った店で注文の仕方や会計の仕方がわからず、混乱した挙句に鼻血を出してしまったことや、サクレ・クール寺院の前でうっかり知らない男にミサンガを結ばれ、財布の全額出せと脅される海外トラブルあるあるを初めて経験

し、しかたなく適当な額を払って逃げたもののかなり落ち込んだことなど、めくるめくパリの思い出が頭に浮かんでくる。

スマホのカメラロールに収められたパリ旅行の最後の写真は、エッフェル塔の先端だった。それは空に向かって指を差しているようにも見え、心なしか励まされて、僕は全てのパリの写真を見終えた。

パリへ足を運んだ二〇一一年は自分にとって激動の年だった。東日本大震災は言うまでもないが、個人としてもその頃人生で初めて小説の執筆に挑戦し、グループとしても人数に変化があるなど、先の見えない日々を過ごしていた。特にパリ行き直前はグループの新たな形を世に発表したばかりで、またデビュー作の『ピンクとグレー』を校了した直後の不安定な時期だった。単行本のパイロット版が印刷されるまで束の間、時間に余裕はあったものの、一方で拙作が世に出る不安がまとわりつき、落ち着かなくもあった。日本にいたら何かしらの手厳しい声が聞こえてきそうな状況にいてもたってもいられず、逃亡にも似た気持ちで日本を後にしたのだった。

ボリス・ヴィアンやセルジュ・ゲンスブールに惹《ひ》かれたのは、作品に対してだけではない。小説家でありミュージシャン、ミュージシャンであり俳優・映画監督という二人のボーダレスな生き方に純粋に憧れていたし、自分もまさにそこへと飛込もうとしていた。結果として、パリで触れたものから僕は新たな刺激を多く受けたし、この旅を思い出すだけで創作への純粋なエネルギーが湧いてくる。

あの旅はつまり僕にとって節目だった。今になってそう実感し、次第にノートルダム大聖堂が現在も焼けていることに胸が痛んでいく。一度訪れただけの自分ですらそうなのだから、現地の方々の心情を思うといたたまれない。燃え盛るノートルダム大聖堂の前で幾人かがアヴェ・マリアを歌っている映像を目にした。拠《よ》り所《どころ》を失う虚《むな》しさには計りしれないものがあるだろう。それでもこの火災がテロや放火などでなく事故である（現状の話ではあるが）ということにほんの少し安心した。昨今のパリは決して穏やかではない。

そう思っていた矢先、ノートルダム大聖堂火災の一週間後にスリランカで同時多発テロが起きる。テロの半年前に行ったときには危険な気配は全くなくて、それどころか治安と人の良さに心から感嘆していたので、この事件はにわかには信じられなかった。大きな爆発があった場所の前で、僕は昼食をとった。とても綺麗なホテルのレストランで、唯一ブッフェのなかに日本食が置かれていた。それをこの国の多様性の象徴のように感じていたが、一部の人間たちは狂信的な憤懣《ふんまん》を内在させていたわけで、だからこのような凶行に至ったのだろう。当時現地で案内してくれたガイドは無事だったと聞いて安心するも、あの美しい国でテロがあったことに今も戸惑いが消えてなくならない。この頃、絶対と断言できることなどないのだ、と痛感することばかりだ。

令和になる瞬間、日本はお祭りムードだった。そんな改元があってもいい、と思うと同時に、それでも区切ってくれるな、という思いが頭から離れない。区切ってしまったら、今と地続きにある過去が完全に過去のうちに閉じ込められてしまうような気がするのだ。

東日本大震災が起きてから五年が経った頃、僕は初めて岩手県の山田町という被災地を訪れた。三月でも雪が降っていて、街全体が真っ白に覆われていた。建物は新築のものも多かったけれど、まだ更地もたくさん残っていた。震災を知らない人にとっては、整理された美しい街と感じるかもしれない。でも僕にとってはその綺麗さがかなしくて、胸が締めつけられたのを覚えている。

あれからさらに三年経っても、今なお被災に苦しんでいる方がたくさんいる。ノートルダム大聖堂の再建には多額の寄付が集まった。それでも少なくとも十年、あるいは数十年かかるという見解もある。スリランカの情勢は依然不安定なままだ。元通りになるのは時間がかかる。時間が経つと、人は忘れてしまいがちだ。

パリから帰国した後、僕の不安が一切なくなったかというとそうではない。ただ人生と向き合う気概は多少なりとも得ることができた。あの節目は僕にとって、歩幅を少しだけ大きくできるような、特別な出来事だった。だからって小さい歩幅で歩いていた過去の自分を失ってはいけない。あの弱気で意気地無しだった自分がいて、今の自分がある。この二人の自分が同一人物であるという当たり前のことさえ忘れてしまうほど、人間が愚かだということを僕は知っている。

手を離して捨て去るなんてできないことばかりなのだから、だったら手を取ってしっかり引き連れていこうぜ、と令和に生きる自分に言い聞かせる。

改めて一枚目のノートルダム大聖堂の写真に戻り、じっと目を凝らす。白日に照らされた大聖堂は、圧巻の迫力を放っていた。目を凝らせば凝らすほど細部の緻密《ちみつ》な造形が浮かび上がってきて、めまいがしそうだ。千年近くも昔の建築にかかわらずこれほどまで均整がとれていることに、忘れていたくせに今になって感動する。後ろ姿だけでなく、正面だって素晴らしいじゃないか。

Intermission

3

ホンダ スティード400

甘汰《かんた》はバイクに跨《また》がると、短く息を吐いた。イグニッションキーをひねり、クラッチを握りしめ、セルボタンを押す。きゅるきゅるっとセルが鳴ったタイミングでアクセルを回すと、目を覚ましたエンジンは大きく嘶《いなな》き、その鼓動が車体を細かく震わせた。

乾いたエンジン音、ヘルメットの重み、排気ガスの匂い。ひとつひとつが名残惜しく、つい感傷的になる。永遠に乗れなくなるわけじゃないのに、まるで今生《こんじょう》の別れみたいだ。

湿っぽい気分を吹き飛ばすように、甘汰はバイクを走らせ、最後のツーリングに出かけた。

ギアを五速まで素早く上げていく。ヘルメットの隙間から入り込む風が、甘汰の顔を撫《な》でてはどこかへ流れ、高まる体温を静めた。左に冠雪した富士山が見え、山頂付近では薄い雲が帯状に横たわっていた。

当てもなく走っているつもりなのに、つい最初の道のりをなぞってしまう。ちらりとキーの辺りを見るとあのときの傷が今も残っていて、甘汰は思わず笑った。

甘汰が高校に入学する直前の春、彼の父にフランスへの長期出張が決まった。向こうの廃棄施設に父の働く企業の部品が使われているらしく、その使用状況を確認して回るとのことだった。何かみやげでも買ってきてやろうかと聞く父に、甘汰はおしゃれな鍵を買ってきてほしいと頼んだ。

甘汰の高校のロッカーは鍵を自分で用意することになっていた。ほとんどの生徒はダイヤル式の南京錠を使うようなのだが、甘汰はその時期の男の子にありがちな、他人とは違うものを持ちたいという意識から、珍しくてかっこいい鍵を探していた。

「わかった。必ず探してきてやる」

父はそう快諾し、フランスへと旅立った。父が戻ってくるのは五月の半ばだったが、甘汰はそれまで代用品でやり過ごすということはしなかった。ようやく帰ってきた父の手には小さな紙袋があった。甘汰はさらに期待を膨らませ、それを受け取った。しかしその期待は一瞬で裏切られる。

父が選んだのは、真鍮《しんちゅう》でできたハート型の南京錠だった。甘汰は愕然《がくぜん》とした。その南京錠の形は到底納得できるものではなかった。父もそうなることはわかっていた。わかっていた上で、からかったのだ。しかし甘汰はことのほか傷ついた。茶化すつもりだった父は次第に慌てて、謝罪するはめになった。甘汰は怒りをどこにも向けることができず、顔を真っ赤にし、そして勢いに任せてハート型の南京錠をつかみ取り、部屋にこもった。

その南京錠のパッケージにはフランス語のシールが貼られていた。甘汰はそれをネットで調べた。「本製品はリサイクル品です」。彼はまた悲しくなった。リサイクルという響きはオリジナリティのイメージとはあまりにかけ離れている。ハート型の南京錠は引き出しの奥にしまい、ネットでどこにでもあるダイヤル式の南京錠を買った。

それからしばらく経っても甘汰は落ち込んだままだった。見かねた父は、なんでも買ってやるから元気を出してくれと頼んだ。すると甘汰はここぞとばかりに、自動二輪の教習所代をねだった。

中学二年生になった頃、クラスメイトの家に遊びに行くと部屋にバイク雑誌が置かれていた。兄のものだから勝手に見ないでと言われたが、彼がトイレに行ってる隙に数ページだけめくった。目を引いたのは、大きなアメリカンバイクに跨がってコーナリングする女性の写真だった。思春期真っただ中の甘汰にとって、その光景は妙にいやらしく感じられ、なかなか目を離すことができなかった。しかし次第に視線はズームアウトするように、彼女から全体像へと移った。

そのときになって、自分がその写真に惹《ひ》かれた理由がわかった。小柄で華奢《きゃしゃ》で到底バイクなど乗りこなせそうにない彼女が、身体よりも大きなバイクを運転する。その姿は生き生きとしていて、他人のイメージなど振り払うような力強さがあった。記事によると、そのバイクは彼女の私物だという。ホンダのスティード400。甘汰はどことなく彼女に、自分のこじれた自意識を肯定してもらった気がした。

教習所に通うかたわらバイトをしてバイク代を貯めた。目的のバイクはスティード一択だったが、ずいぶん前に廃番になっていてヴィンテージものしかないため、甘汰はあらゆるバイク店を巡っては入荷したら知らせてほしいと頼んで回った。

高校二年生になった頃、ついに入荷があったと知らせを受けた。初めて見た本物のスティードは、ハーレーダビットソンのような武骨なフォルムでありつつ国産の有機的な温もりも纏《まと》っていて、それはまさに名の通り、気品と勇敢さを兼ね備えた『軍馬』だった。その得も言えぬ輝きに、本当に自分が乗っていいものなのだろうか、まだふさわしくないのではないか、と思わずスティードを諦《あきら》めそうになる。しかしあのとき見た写真の女性の姿を思い出し、甘汰は自分の尻を強く叩いて、それを購入した。

スティードのイグニッションキーを手にした甘汰は、引き出しからハート型の南京錠を取り出し、掛け金にそれを引っ掛けた。気に食わなかったこの南京錠をキーホルダー代わりにすることにしたのは、何も心変わりではない。この南京錠がなければ甘汰はスティードに乗ることができなかったわけで、今となっては感謝していたし、これが最もいい使い道だと思ったのだ。

甘汰はついにスティード400にエンジンをかけた。瞬間、甘汰の肌は粟立《あわだ》った。マフラーから吐き出される排気音からは毅然《きぜん》としたものを感じた。強い揺れに身体を振り払われそうになる。まさに騎手のような気分でアクセルを回し、甘汰は高速に乗って初めてのドライブへと出かけた。優雅にそびえ立つ富士山を脇に、甘汰はヘルメットの下で喜びを大きく叫んだ。風で服の袖がはためく。ハート型の南京錠はタンクの上で軽やかに揺れ、まるで初めての旅を楽しんでいるようだった。

バイカーに人気の峠に着いた頃には、すでに日が暮れ始めていた。何度か山道を往復して、近くの展望台にバイクを止めた。鍵を外すとき、キーシリンダーの周囲に傷がついていることに気づいた。中古なので初めからあったのかもしれないと思ったが、その原因が南京錠であることに気づき、甘汰は慌ててバイクのキーから錠前を外した。

スティードを降りても甘汰の身体は震えていた。地続きであればどこまでもいけることを実感し、圧倒された。そしてその可能性が自分の未来と重なった。どこにでもいける。なんにでもなれる。

展望台は山の斜面から張り出していて、街の夜景がよく見えた。きらめいていて、空から星が落ちてきたみたいだった。周囲にはフェンスがかかっていて、その一角に外したばかりの南京錠をはめた。もうバイクを傷つけたくないし、ハート型の南京錠はやっぱり自分にもスティードにも合わなかったし、かといって家に取っておいてもしかたがない。だからスティードで初めて訪れた場所のしるしとして、そこに残していくことに決めた。

あれから六年して、甘汰は再びこの展望台を訪れていた。

大学卒業を機にスティードを手放すことにしたのは、就職後は都内の寮に住むからで、そのまま実家に置いておいてもいいのだけれど、このところバイクよりも車に乗る機会が増えていたし、今の自分以上にスティードを愛してくれる人がいるなら譲ってもいいと思った。

展望台から見える夜景はあの日よりも明るくて、眩《まぶ》しいほどだった。都市化が進んでいるせいだろう。フェンスに沿って歩いていく。暗くてすぐに気がつかなかったが、ある一角がまるでカマキリの卵のように膨らんでいる。目を凝らしてみると、無数の南京錠がそこにかかっていた。

甘汰はそのときまで、かつて自分がそこに南京錠をかけたことを忘れていた。他人事《ひとごと》のように、ここはそういうスポットになったのかぁ、などと思って眺めていた。しかし、ふとあの日のことを思い出した。

この現象を起こしたのは、紛れもなく甘汰だった。何の気なしにここにかけた南京錠がハートの形をしていたばっかりに、ここが愛のスポットへと変化していたのだ。ぼんやりと街灯に照らされている錠前の集合体をかき分けると、奥の方に少し錆《さ》びたハート型の南京錠を見つけた。

あんなに気に入らなかったのに、今見るとなかなか小洒落《こじゃれ》ていて可愛らしく見えた。経年でレトロな風合いも増していて、類を見ない独特の風合いがあった。

外して持って帰りたいが鍵がない。どうしたっけ。鍵だけ引き出しにいれたままだったかもしれない。取りに帰って、またここに来ようか。そう思ったが、やっぱりやめた。甘汰は、またここに来る予感がした。そのときまで鍵は持っていようと思った。

Trip 12

無心

——それよりむしろ精神を集中して、自分をまず外から内へ向け、その内をも次第に視野から失うことをお習いなさい——

ドイツの哲学者オイゲン・ヘリゲル述『日本の弓術』より、著者の弓術の師、阿《あ》波《わ》研造氏の言葉である。大正十三年、大学で哲学を教えるため来日したヘリゲルは、日本の神秘説に触れるために禅と結びつきの深い弓術を学んだ。そこで師から教わったのは、正しい弓の引き方以上に精神の鍛錬《たんれん》だった。いくつか引用すると、「あなたは無心になることを、矢がひとりでに離れるまで待っていることを、学ばなければならない」「的のことも、中《あ》てることも、その他どんなことも考えてはならない」「矢は中心から出て中心に入るのである。それゆえあなたは的を狙わずに自分自身を狙いなさい」とこんな具合で、技巧家になってはいけないという逆説的な教えからヘリゲルは弓術の先にある禅の精神を感じ、やがて神秘的な沈思法を知る。

ここまでの研鑽《けんさん》はなくとも、何かを達成しようとした場合に、熱く意気込むよりも、諦観《ていかん》のような落ち着いた気分で打ち込んだ方が案外近道だった、ということは、誰にでも少しは心当たりがあるのではないだろうか。

僕らのライブに来た方からよく、「あれだけの歌やダンスをよく覚えていられるね」と言われるのだけれど、実際には本番でいちいち「次は……」なんて考えてはいない。身体も口もほとんど自動的に動いている。むしろ本番では、その勝手に動き出す肉体がパフォーマンスとして形骸《けいがい》化しないよう、意識的に思考や感情を持ち込んで躍動させていく、ということの方が多い。例えば、悲しい歌だから悲しい声や表情を作って歌い踊るのではなく、本当に悲しい気持ちになるよう意識的に持っていくということで、それに至るには、周囲に意識を払いながらも常に自己と対話する視野の広さと集中力が必要だ。

ダンスに定評のある事務所の先輩が、踊っている最中に何を考えているかと聞かれた際、「無」と一文字返して笑いに包まれているのをテレビで見たことがある。今にして思うと、それはまさに阿波氏のいう「無心」の境地だったのではないか。彼は誰よりも練習するという噂も耳にしていた。

ジャニーズには語り継がれている金言がある。「練習は本番のように、本番は練習のように」。一回一回を大切にするのは本番だけではなく、練習もだ。そして本番は、練習だと思って肩の力を抜いて臨む。これが成功の秘訣《ひけつ》というわけだ。練習嫌いだった僕は、ただ数をこなしてばかりいる時期があった。できない自分を直視するのが怖くて、とにかく闇雲《やみくも》に練習を重ねていた。それでも練習時間が勝手に自分を育んでくれるだろうと期待していた。しかしどれだけ目を背けていても成長していないことは肌で感じる。

これでは練習とは呼べない。まずちゃんと頭を働かせて目の前の自分に専心し、次に課題を採掘して新たな対策を講じる。このプロセスを何度も何度も繰り返して、ようやく成長に繋《つな》がる練習となるのだ。そう気づくまで僕は多くの時間を不毛にした。

つまり思考を巡らせ、正しく練習しなければ全く意味がない。しかし一方で、考えてはいけないと阿波氏は言う。その逆説を端的に表す体験をしたことがある。

かつてフィジカルトレーナーに、メンタルを鍛えるにはどうするべきか、そもそもスポーツにおけるメンタルとはどういうものなのか、相談したことがある。トレーナーが「では実験しましょう」と提案してきたのは、自分の立っている位置から一メートルほど先にある箱にボールを投げ入れるというものだった。バカにされているのかと思うほど簡単だ。五回投げて当然五回とも入る。

「では、次の一投がもし入らなかったら、加藤さんは地獄に落ちます。どうぞ投げてください」

地獄って、と思いながらそれまでと同じような意識で投げる。するとボールは箱の縁に当たって外へ弾け飛んだ。彼の言葉を大して気にはしなかったし、地獄を想像したつもりもない。それなのに、ネガティブな一言に知らず知らず僕の肉体は固くなり、悪影響が起きていた。脳と肉体の関連をこのときほど感じたことはない。

つまり練習とは、まず箱にボールが入る確率を上げること、そして地獄だろうがなんだろうが無心になる強さを養うことなのだ。ではメンタルを具体的にどう鍛えるかというと、ひとつは成功体験を培うことだという。うまくいったイメージを身体に覚えこませることで、この実験とは逆の作用を起こす。失敗に動揺せず、成功のイメージだけを覚える。

さて、僕が釣り好きなのは以前にもここに書いた通りで、疑似餌釣り師《ルアーアングラー》の大型目標魚は、キハダマグロ・ヒラマサ・ロウニンアジ《GT》の三種といっていいのだが、僕は令和元年についに、この三種を完遂した。GTは二〇一六年に宮古島で、二〇一九年の春に外房でヒラマサ、夏に伊豆大島でマグロを釣り上げた。

十年がかりの道のりだった。特にマグロは、何度か針がかりさせることはできたものの、ラインが切れたり、ルアーが外れたりと、あと少しのところで逃《バラ》し続けていた。周囲には、僕より後に釣りを始めたのにマグロを釣る人や、それどころか運良く一年目で釣りあげる人もいた。さほど難しい魚ではないはずなのに、ずっと結果を出すことができなかった。

技術的には問題はなかった。ただ、失敗を重ねるにつれて当初あったはずの釣れるというイメージが全く持てなくなり、僕は次第にスランプに陥った。自然相手の釣りにスランプなんて変だと思うのだけれど、マグロに限らず自分だけが釣れないということが何度もあり、明らかにおかしかった。

できたことができなくなるという経験は初めてだった。これは初めからできないよりも厄介で、その危機から脱しようと余計なことを考えてしまう。仲間の応援が逆にプレッシャーになる。焦り、フォームが乱れる。スランプというよりもはやイップスだ。落ち着け、と自分に言い聞かせても、手の震えは止まらない。

たかだか釣りに大袈裟な、と思われるかもしれないので、マグロをどう釣るかを簡単に説明させて欲しい。釣法は様々あるが、僕らの場合は「相模湾《さがみわん》でマグロが釣れている」という情報が入り次第、仲間の船で港からおよそ二時間半かけて釣りにいく。マグロは回遊魚なのでその日ごとに釣れるポイントは変わってしまう。では広大な相模湾でどのようにマグロを探すかと言うと、魚探などではなく目視だ。人気の遊漁船はソナーを使って水中のマグロを追いかけたりするが、僕らはまず海面を突く海鳥を探す。その下でマグロが小魚を捕食しているからだ。発見したらそこヘルアーをキャストし、うまくいけばマグロがかかる。

想像してみてほしい。一面の海の上で、全員が遠くに目を凝らして鳥を探し、見つけたならばエンジンを唸《うな》らせて一気に船を走らせ、猛スピードで魚を追いかける。とはいえ、マグロも小魚も一箇所にとどまってはいない。生死をかけた彼らは、逃げ、追い、海中を自在に動き回る。その動きを見極め、マグロの視界を狙ってルアーを投げ、そして精細な操作で小魚のアクションを演出する。まさにハンティングさながらの狂騒のなかで、心臓の高鳴りを気にせず冷静に動くことの困難さがわかっていただけるだろうか。

場合によっては雨風や鳥が邪魔をする。わずかなチャンスを制した者だけが、マグロの強い引きを味わえるのだ。そこからもハードなやりとりを続け、海面直下まで引き上げて、ギャフを刺し込み、船内に取り込んでやっとキャッチとなる。

その激しい戦いに負け続けた結果、ここ数年の釣行《ちょうこう》で僕は、鳥を見つけたときから全身が興奮と焦燥でこわばるようになってしまい、正しい手さばきができなくなっていた。

しかし大きなヒラマサを釣り上げたことで状況は一気に好転した。プロを含む十数名のアングラーのうち、僕の魚がもっとも大物だった。友人は「なかなかこのサイズのヒラマサは釣れないよ。これでスランプ終わったんじゃない？」と優しく肩に手を当ててくれた。その一言が大きかったのだろう、それまで縮こまっていた自分の背中が、すっと伸びるのがわかった。かくして、次回のマグロ釣りで二十五キロのマグロを釣り上げる。

『日本の弓術』ではこんな場面がある。夜、道場にて蚊取線香の火のみが灯るなか、師が暗闇の先に二本の矢を放つ。的に近づき見ると、一本目はみごと中心を射抜き、そして二本目はその一本目の矢に当たってふたつに割いていたという。師は言う。

「これは私から出たのでもなければ、私が中てたのでもない。そこで、こんな暗さで一体狙うことができるものか、よく考えてごらんなさい。それでもまだあなたは、狙わずには中てられぬと言い張られるか」

この著書で描かれる崇高な試みと、自分のマグロ釣りが同列のものであると言いたいわけではない。しかしここからは確かな学びがあった。

あの一投を投げる直前、自分の視界はとても広かった。別の人が投げたルアーの位置まで正確に見えていた。ふと自分が投げるべき場所が、ぽっと照らされた気がした。しかしそこを狙う前にルアーは弓なりに飛んでいた。ほんの短い間の出来事だった。着水した場所は結果的に的の中心だった。瞬間、ルアーを喰《く》ったマグロが大きな水しぶきを上げた。

興奮はしていた。しかしそんな自分を後ろで優しく見守る自分もいた。自分がふたりいて、本当に自分が釣り上げたのかよくわからなくなるような、とても神秘的な体験であった。

ヘリゲルは先ほどの場面の後、「疑うことも問うことも思いわずらうこともきっぱりと諦《あきら》め」て先に頭を悩ませず真面目に稽古に励んだという。そして的を中てることは二の次となり、やがて矢を射るときにどんな事が起ころうと少しも気にかからなくなり、師から褒められたり貶《けな》されたりすることにさえ刺激を受けなくなった。彼の精神は成熟し、ヘリゲルはついに師から免許状を授けられるまでになった。

つまり僕のように成功体験や失敗体験に振り回されているうちはまだまだ未熟だ

ということだ。ひとつひとつに囚われず、己の内のみにフォーカスし、やがて己から も離れて無心になる。その境地への道のりは厳しく、果てしない旅のようだが、いつか辿《たど》り着けると信じたい。

しかし、困ったことにマグロを釣り上げたあと、再び身体がこわばるようになってしまった。どうしても釣り上げたいという欲が出て、思うように身体が動かなくなる。振り出しに戻ったみたいで、全く情けない限りだ。

こんな調子では僕への免許皆伝は遠い。どうすればいいのか途方に暮れるもののこんなときこそ暗闇で矢を放つ師よろしく、的は狙わずにとにかく鍛錬を尽くすべきだろう。あせらなくていい。粘り強くいこう。一投外しただけで連れていかれる地獄なんて、本当はどこにもないのだ。

Trip 13

浄土

人間には生命が尽きたときと、他者から忘れられたときの二つの死があるとよく聞くけれど、ならば誕生というのもいくつかあるだろうと思う。生命としての誕生を「現世というこの世界に産み落とされること」と定義づけたとして、全くの異世界に産み落とされることはもれなく誕生と呼べるのではないだろうか。そしてその誕生の数だけ親と呼べる存在はいてしかるべきだろう。

僕にもそういう存在がいた。平々凡々だった自分を芸能界という異世界に産み落とし、育ててくれた父のような人が。その人が今年亡くなった。享年八十七だった。久しく会っていなかった。すっかり親離れしてしまって、とはいえ近くにいるのだからきっとそのうち会うだろうと根拠もなく思っていた。往々にして、親はずっと元気でいてくれると勘違いしてしまう。悪い想像はしたくないものだ。

危篤の一報を受けて病院へ駆けつけたときには、すでに意識はなかった。くも膜下出血だった。病室には僕以外の子供たちも大勢いて、ただならぬ空気が張り詰めていた。

ベッドに横たわる彼は、僕が知っているよりもずいぶんと老けていた。それだけの時間、彼と会っていなかった。

「久しぶりだね。みんな、待ってるからね」

そう呼びかけると、彼は目を瞑《つむ》ったまま瞼《まぶた》をぴくぴくと動かした。その穏やかな表情を見ているだけで、彼に対するわだかまりが溶けていく気がした。

三週間後に彼は息を引き取ることとなるが、それまでの間に回復を思わせる小さな感動を周囲に何度も与えた。と同時に死を覚悟する準備期間も用意してくれ、僕は彼と過ごしたかつての日々を回顧した。遠くに霞《かす》んだ断片的な記憶を手繰《たぐ》り寄せては繋《つな》ぎ合わせ、そうするうちにあらゆる言葉が溢《あふ》れて止まらなくなった。

しかし彼の死を受け、いざ追悼のコメントを発表することになると、溢れて散らばった言葉をうまくまとめることができず、時間がかかった。公にコメントを出した後も、思いをありきたりな謝辞のうちに収めてしまったような気分が続いていて、自分のものなのになぜか腑《ふ》に落ちなかった。

時間を置いて整理する必要があった。それは自分のためであり、彼が最後に残した課題であるようにも思えた。そこで今回、本連載の締めくくりを機に、父であったあの人のことを、改めてここに留めさせていただくことにした。

人見知りでありながら目立ちたがり屋の僕が事務所のオーディションに参加したのは一九九九年四月、ノストラダムスの大予言による人類滅亡の日の三ヶ月前だった。そこで約五十人の中から彼が二人を選んだ。うちひとりが僕だった。オーディションは基本的にダンスで、他には野球ができるかどうか聞かれたり、アクロバットなどの特技がある人は挙手して披露したりしていたが、僕にはどちらも関係なかった。それなのにどうして自分が選ばれたのかはよくわからなかった。何年かして、僕はそのことを彼に尋ねてみた。どうして僕を選んだの、と。

彼はさらりと「顔」と返した。僕は肩透かしを食らったようで、しばらく呆然《ぼうぜん》とした。それから自分には何もないのだと卑屈な思いが胸のうちに広がった。

もっと後天的な何かを褒めてほしかった。容姿は両親からの遺伝の賜物《たまもの》でしかない。彼には僕自身でも気づいていない才能のようなものが見えているんじゃないかとどこか期待していた。それなのにあっさりと外見で評価されたことが釈然としなかった。今思えばそれほど悲しむことではないのだが、当時の僕には刺さるものがあった。かように、彼が褒めるのはいつだって自分の意図しないところだった。

入所して最初の夏休み、人類滅亡を目前に事務所の仲間と撮影を兼ねてハワイに連れて行ってもらった。初めてのハワイに浮かれ、そして慣れない撮影に疲れた僕は、移動するバスの車内で居眠りをしてしまった。どれくらいの時間だったか、ふと目を覚ますと彼がこっちを見ていた。そして「いい寝顔だね、気にせず眠ってなさい」と言った。それ以来彼は僕に会う度、必ずこの寝顔の話をした。

他にもある。初めて民放の番組に出たときだ。自己紹介をすることになったのだけれど、たくさんの人に緊張してマイクを口元に寄せるのを忘れてしまい、音がうまく拾われないまま喋《しゃべ》り始めてしまった。番組のＭＣがツッコみつつマイクを口に戻してくれるものの、しばらく話すとまたマイクを持つ手が下がってしまって音を拾えなくなり、再びツッコまれる。ＭＣの手腕でなんとか笑いが生まれ安心するも、自分としては小っ恥ずかしく、不甲斐《ふがい》なかった。落ち込む僕をよそに、あの人は「とてもよかったよ」と褒めてくれた。自分を選んだ人が笑顔になるのは純粋に嬉しかったが、虚しさはいつまでも残った。

今振り返っても、当時の僕のタレントとしての能力はひどいものだった。それなのにあの人は僕を一番前で踊らせたり、マイクを持って歌わせたり、ドラマの仕事もたくさん与えてくれたりした。それは彼なりの応援であり、指導であり、僕に自信をつけさせるための教育だったのだろう。しかし彼の思い通りには育たず、どれもなかなかうまくならなかった。なのになぜか仕事は続いて、実力が追いつかないまま僕は高校一年生という若さでデビューすることになった。

おかげで本来身につけるべき自信は虚栄心へと変貌し、気がついた頃には見栄っ張りで愛想の悪い青年になっていた。後にいくつかの挫折を経験し、虚栄心も正しく打ち砕かれることになるのだが、そのときには僕はもう彼の元から巣立っていた。

僕と彼の直接の関わりはデビューまでのおよそ四年間だけだった。デビュー直後は僕らの現場にやってくる日もあったが、次第に後輩の現場にいる方が多くなり、連絡する機会も会う機会もだんだんとなくなっていった。

久しぶりにちゃんと再会したのは、三年ほど前だったか、後輩のライブに足を運んだときだった。楽屋にいるというので意を決して挨拶をしにいった。しかし僕の顔を見た彼は、まるで初対面のような表情を浮かべた。その瞬間、忘れられているのだとわかった。無理もない。十年近くまともに話していない。顔つきだって変わっている。

思い出させようとはしなかった。忘れているならそれでもいいとさえ思った。しかし少しの間があって、彼は僕を思い出し、「YOU、あのときは可愛かったのに、こんなになっちゃって」と言った。それから彼はこう口にした。「最悪だよ」

悲しくはなかった。こう言われることはうすうす感じていた。会わない期間がこれほど空いたのも、そう言われることをわかっていたからだ。

彼のなかでもっともよかった僕は、バスで眠る小学六年生だ。どれだけ頑張っても、あの日の小さい自分を超えることができない。

デビュー後、彼に助言を求めたいときもあった。だけどきっと彼は今の僕を認めない。その現実を突きつけられるのが怖くて、連絡するのを躊躇《ちゅうちょ》するうちにまた会いづらくなって、やがて彼を避けるようになり、その頃には苦手意識さえ芽生えていた。

久々の再会の後、こんな風に言い聞かせて受け止めることにした。全ては指導だったのだと。当初は頼りなかった僕を褒めて自信をつけさせ、独り立ちした後は謙虚でいられるよう厳しい言葉を投げかける。彼が僕の顔を褒めたのも実は努力を促すためだったのではないか。結果的に僕が、容姿に関係のない作家という仕事を始めたのには、この反動が多分に影響している。万が一それさえ彼の狙いだとすれば、凄《すさ》まじい手腕ではないか。多くのタレントを指導してきた彼ならありえそうなことだった。

作家といえば、物語について彼に驚かされた印象的な体験がある。そのときもどこか海外の、移動するバスの車内だった。隣にいた僕に彼は突然ボクサーの物語を話し始めた。スムーズにストーリーを口にする彼は、子供に絵本を読んで聞かせる親のようでもあり、平家物語を語る琵琶法師《びわほうし》のようでも、真打の落語家のようでもあった。口頭で伝えるには随分と複雑で長い物語だった。なのにテンポよく饒舌《じょうぜつ》に話し続けるから、僕は新鮮な車窓の景色に目を奪われて意識がどこかにいかないよう、ぎゅっと瞼を閉じて聞いていた。やや興奮気味にラストまで話した彼は、「これは僕が考えた話なんだ」と言った。しばらくして、それがのちの『DREAM BOYS』という舞台の構想だったことを知った。数時間にわたる戯曲を、あのように事細かに語れるということは、物語への深い思索と厚い愛情があってこそだ。僕は拙著をあのようにつらつらとそらんじることができるだろうか。なにより、その話はとても面白かった。彼の話を聞いていた僕は、自分もいつか物語を作ることになるとは夢にも思っていなかっただろう。しかしあの時間があったからこそ、今の自分がきっとある。

訃報《ふほう》を受けて会いに行けたときには、彼はすでに別の場所に安置されていた。そこで会った仲間たちの瞳はもれなく潤んでいたが、しかしあの病室とはまた違う様相を呈していた。みんな、努めて明るく振る舞い、笑顔を浮かべていた。この人は悲しむことを望んでいない、と僕らはくだらないジョークを言い合い、あえて余裕を見せた。枕元には故人の縁《ゆかり》のものがたくさん置かれていて、彼が長年かけていたメガネもあった。まるでコスプレをするかのように、それをみんなでかけて遊んだ。本来なら無作法に違いないが、そこにいる誰もがこれしきのことで彼が怒らないことを知っていた。むしろ喜んでくれさえすると考えていた。僕もメガネをかけてみた。経年によって濁ったレンズは嘘みたいに厚くて、ピントが合わずくらくらした。それでも彼が見てきた景色を少しでも知りたくて、レンズの奥に目を凝らした。そうするうちに景色は歪《ゆが》み、視界が滲《にじ》んだ。度がきつすぎるよ、と僕は心のなかで頼りなく呟《つぶや》き、あの日の車内のようにぎゅっと瞼を閉じた。

　ジャニー喜多川の葬儀はその二日後、彼の子供たちに囲まれて行われた。故人の父がロサンゼルスにある高野山真言宗米国別院の僧侶であったことから、式は真言宗の形式を取った。

真言宗の「真言」とは「仏の真実の言葉」を意味しており、それには人間の言語活動では表現できない、この世界や様々な事象の深い秘密の意味が隠されているとされる。開祖である空海は、それを知ることのできる教えこそ真言宗のルーツである密教だと述べているが、そう思うと僕らのやってきたことと重なる気がした。彼の残してきた数々のものには深い秘密の意味が隠されていて、理解するためにはたくさんの修行を積まなければならない、というような。だとすると僕はどれくらいわかっているのだろうか。あの人が作りたかった作品を少しは体現できているのだろうか。そもそも彼から逃げていた自分に、そんなことを思う資格はあるのだろうか。彼のメガネをかけて遊んでいたとき、仲間のひとりがポツリと言った「もっといろんなこと、教えて欲しかったな」という言葉がいつまでも頭に響いた。

一昨年の祖父の葬儀には出られなかったため、これが僕にとって初めての葬儀となった。その夜、祖父の死に関して書いた「できることならスティードで」第四回の「岡山」を手に取った。式で祖父を想起し、どうしても読み返したくなったのだ。

不思議なことに、そこで祖父について語られていることと、あの人に自分が抱いている思いはすごく似ていた。苦手意識を持っていたこと。最後に話した場面では向こうが僕のことをあまり覚えていなかったこと。そして亡くなってから、知ることがあまりに多いこと。

葬儀の最後、事務所のリハーサルルームにて所属タレントのみの精進落としを行った。スーツに身を包んだ男たちは献杯し、めいめい故人に思いを馳せた。やがてある先輩の提案で、ひとりずつ彼との思い出話を披露しようということになった。

さすが皆人前に出る生業《なりわい》だけあって話がうまく、佳話や珍話が次々飛び出し、手を叩いて笑ったかと思えば、ふとしめやかな空気になったりと忙しかった。誰もが驚くほど多くのエピソードを持っており、それが全くといっていいほど自分の経験とは重ならず、あの人の多面性を表しつつも、いかに愛されていたかを物語っていた。

どの話も突拍子がなくて、聞いているうちにやっぱり彼が僕に与えた言葉の数々は特に指導という意味じゃなかったのでは、と思い直す。僕の未来を見据えていたなんてことはなく、その時々の直感を口走っただけなのではないか。それをこちらが勝手に教訓めいたことと捉えているだけだったのではないか。そもそも、これほどの人数の未来を見据えるなんてこと、どれだけ非凡な人でもできっこないだろうと思ってしまう。

だからこそ願わくば、もう一度だけ、「よかったよ」と言う声を聞きたかった。失敗ではなく成果に対して、ただ直感を口走るように褒めてほしかった。だけど間に合わなかった。育った姿を見せることができなかった。彼の最後の言葉を「最悪だよ」にさせてしまった。認めてもらえなかった。小六の自分に勝てないうちに、彼は僕の前から消えてしまった――

明るく送り出そうと心がけていても、どうしたってやるせない。気持ちを切り替えて、仲間の話にまた耳を傾けると、ばらばらの逸話によく登場する彼の口癖があった。「最悪だよ」。彼はことあるごとにそう言っていた。僕にだけではなかった。等しく皆にそう言っていたのだ。ダメ出しの言葉のバリエーションがまるでないなと思うと、少しだけ笑えた。

密教とは、教えや作法を秘密裏に師から弟子へと口頭で伝承していくものだという。僕らもきっとそうするだろう。彼の姿を色濃く脳裏に浮かべながら、それぞれが彼から学んだことを次の子たちに、少し笑えるようにして伝えていくのだ。はたまたこんな風に文章に残して。

その間、彼は死なない。まだまだ長生きすることになるだろう。仲間たちはまだ彼の話をしている。そう簡単に浄土に行かせてたまるかと僕も意気込み、線香の煙が漂うリハーサルルームでこれからのことを思った。

Last Trip

未定

連載の最終回「浄土」は文字通り最期の話で、それで単行本を締めくくるのも悪くはないのだが、ちょっと寂しすぎやしないかとも思い、ならば最後に「始まり」にまつわるものを書き足そうと思った。

この発想はとても僕っぽい。というのも高校の卒業文集に、僕は「始」という字をでかでかと書いた。隣のページには友人が書いた「終」という字があって、僕らは示し合わせて二人で「始終」とした。僕の書いた「始」という字の下には「卒業は、終わりではなく始まりであり……」などと書いてあって、今思うとなんとも寒々しいものなのだが、それから十年以上経って同じようなことをしているのだから、人というのは変わらない。

そういうわけで、始まりにまつわる旅に出かけようと思った。

心当たりは一箇所あった。

二〇〇九年、僕が初めてストレートプレイを演じた舞台『SEMINAR《セミナー》』の冒頭のセリフはこうだった。

――もしも死ぬなら、フィレンツェがいい。それも朝――

『SEMINAR』はフィレンツェにある、コジモ・デ・メディチが次男のジョヴァンニのために建てた建築にゼミの研修旅行で訪れた、美術史を専攻する学生たちの物語だった。僕が演じたローレンはそのコジモとトルコ人の奴隷との間に生まれた子孫の末裔《まつえい》で、携帯やパソコンなどのデジタル製品を忌み嫌い、芸術や文学をこよなく愛する好色漢だった。

舞台は、先述したセリフをローレンが口にしたあと、意識不明のローレン（舞台ではマネキンである）が噴水の中で発見されるところから始まる。彼がなぜこのような状態になったのか、それを回顧するようにして物語は進んでいく。彼は周囲とうまくコミュニケーションがとれず、極端な行動にでてしまいがちで、その原因に母の自殺が関わっているというのも終盤でわかるのだが、とにかく思い通りにならない葛藤から、彼も母と同じように最後に自殺を図る。

そして舞台は再び冒頭のシーンに戻る。しかし今度はマネキンではなく、水浸しになった実物のローレンだ。助け出されたローレンは水を吐き出し、暗転したのち、彼は「もしも死ぬなら――」と最初と同じセリフを口にする。

僕は記憶力が乏しく、本番を終えてしまったら、セリフは全て忘れてしまう。ただ唯一、このセリフだけはいつまでも覚えている。印象的だったこともあるし、僕にとって初戯曲のセリフだったからかもしれない。未だにときどき、このセリフをひとりごちたりする。

『SEMINAR』にはルネサンス期の芸術のモチーフが多くちりばめられていた。本来であれば役作りとして、舞台の本番に臨む前にフィレンツェへ足を運ぶべきだったが、当時は叶《かな》わなかった。きっといつか、と思ってもう十年以上が過ぎてしまった。なのに今なおフィレンツェへの興味がじわじわと膨らんでいる。

だからフィレンツェに行ってその旅行記を書こうと思った。キューバから始まり、

フィレンツェで終わるのも、全体のバランスに鑑みてもとても美しい流れだ。しかし結局フィレンツェへの旅は実現しなかった。

原稿の執筆作業が当初よりかかってしまったことで予定がなかなか組めず、そうこうしているうちに横溝正史原作のドラマ『悪魔の手毬唄《てまりうた》』の撮影が目前に差し迫っていた。それが終わったあとだと、この原稿が間に合わない。せっかくならフィレンツェ以外のイタリアも見て回りたいという欲が出てしまったのもまずかった。まごついているうちに時間だけが過ぎ、フィレンツェどころか目ぼしい海外旅行に行く日程を確保できなかった。

そんななか、友人から「壱岐島《いきのしま》で面白そうなカルチャーイベントがあるというので一緒にどうか」という誘いを受けた。スケジュール的に難しいはずだったが、急遽《きゅうきょ》ドラマのクランクインが後ろ倒しになったため、二泊程度であればいけないことはなかった。

しかし壱岐島の知識が乏しかった僕は、そのイベントの他に、思い当たる見どころが思いつかなかった。そもそもどの都道府県に属するのかわからないといった、ひどい具合だ（九州北方の玄界灘《げんかいなだ》に浮かぶ長崎県の島である）。なので、ここで書くに値する旅にできるかどうか、自信がなかった。

ただ調べていくうちに、壱岐島が古事記ゆかりの地であることを知り、徐々に興味を持ち始めた。実はその頃、なんとなく世界中の神話を調べていて、古事記もその中のひとつだった。

日本神話ではイザナギノミコトとイザナミノミコトが漂っていた大地を天沼矛《あめのぬぼこ》でかき混ぜて、オノゴロ島という最初の島を完成させたわけだが、そこで交わった夫婦《めおと》神《がみ》は大八島《おおやしま》を生み出していく。そうして五番目に作られたのが壱岐島だ。天比登《あめのひと》都柱《つばしら》とも呼ばれている。天比登都柱という名は、天と地を繋《つな》ぐ架け橋の役割を担っていたと言われており、そんなこともあって壱岐島には百五十を超える神社があるそうだ。

「始まりにまつわる」という当初の企画からすれば、五番目の島というのはかなり遠く、むしろ最初の島とされている淡路島に足を延ばすべきだと言えるのだが、まぁそのあたりは目を瞑《つむ》るとして、日本最古の歴史書と言われる古事記に登場する島なのは何かの縁、せっかくだから行ってみるのもありだと考えた。ついでに壱岐島が屈指の釣りスポットだということも、僕を刺激する要素となった。

具体的な旅行計画を進め、飛行機やフェリー、宿などのチケットもおさえて全ての準備が整った頃、突然思わぬ事態が発生した。未曾有の台風が本州を直撃するというのだ。ギリギリまで粘ったが、空路はもちろん、福岡までは陸路に切り替えるという案も、計画運休となって不可能となった。結果的に僕は横殴りの雨が窓を叩く室内で、新たな原稿の執筆作業をして過ごした。

始まりが始まらないうちに、いよいよドラマの撮影に突入した。

撮影は静岡の下田から始まった。そこから山梨、岡山、島根、そして秋田へと駆け巡る。別の仕事で鹿児島と三重にも足を運ぶ。プライベートではどこにも行けないのに、仕事でこれほどの距離を移動している自分を思うとなんだか笑えた。

そして全てのシーンを撮り終え、マネージャーとともに車で静岡からの帰路に着いた。東名高速の街灯が車窓の向こうに流れていく。

二〇一九年も終わろうとしている。とともにこの原稿の締め切りも訪れる。結局ここに書けるようなところへはどこにも行けなかった。どうやって「できることならスティードで」を締めるべきだろうか。

「加藤さん」

車を運転するマネージャーが話しかける。

「どうしました？」

「休み、来月の中旬ならとれそうですけど、どうします？」

「原稿は間に合わないよ」

「いや、でも旅行かなくていいんですか？」

「え？」

「旅行、ずっと行ってなくて平気なんですか？」

旅へ出る目的がすっかり原稿のネタ探しになっていて、本来の旅の目的が薄れていたことに気づく。

僕は前から旅が好きだった。見たことない景色を見たいといつも思っている。

「数日間、空けておきますね」

イタリア旅行も壱岐島もいいけど、もう「始まり」に縛られる必要はない。ずっと行ってみたかったトルコもいい。カッパドキアの気球に乗ってみたい。ベストシーズンは春から秋だが、冬の雪景色も格別だそうだ。東京ではもうあまり必要のなくなった厚手のダウンに身を包み、口から出る息の白さに驚いたりしながら、気球に乗って高く高く上がっていく。背後ではバーナーが激しく燃え、思いのほか背中が暖かい。空が近くて、町は小さくて、柔らかな陽光が辺りを優しく照らしている。カラフルな気球がほかにもたくさん浮いていて、まるでヒロヤマガタの絵のようだ。手を振ると、気球に乗った少年が笑顔で振り返す。

それから朝ホテルで食べたシシケバブやフムスの味を思い出したりして、そんな風にしているうちにやっぱり寒くなってきて、もっと暖かいところに行くのもいい気がする。刺すようにぎらついた太陽と、どこまでも透き通った海。桃色のサンゴの発色に見とれたい。かつて訪れたグレートバリアリーフはとても美しかった。友人が勧めてくれたモルディブやセブはどうだろう。パラオにはジェリーフィッシュレイクがある。クラゲと一緒に泳ぐなんて幻想的な体験を人生で一度はしてみたい。

何といってもパラオは釣り人にとってはロウニンアジ《GT》の聖地だ。

そういえば忘れられない一枚の写真がある。エチオピア・ダナキル砂漠のダロール地区。温泉から噴出した成分によって地表が緑や黄色の極彩色《ごくさいしき》に染まっている。地球で撮影されたとは思えない一枚だった。ツアーは過酷で、まだ耐えられる程度に気温が下がるこの時期にしかいけないそうだ。いつかこの目で見てみたいが、日数的に厳しいかもしれない。だったらまたスリランカを訪れるのも――

「加藤さん、加藤さん」

僕を呼ぶ声に、意識が車内へと戻る。名前を呼んだのはマネージャーのはずだが、聞き慣れた声と違うように感じたのはなぜだろう。

運転する彼の姿もマネージャーではないみたいだ。撮影が終わった安心感から、疲労が一気に押し寄せているに違いない。少し眠りたいけれど、彼はかまうことなく、「僕の話、聞いてます？」と話しかけてくる。

「ごめんごめん、意識がちょっと遠くへ行ってたみたい」

「そうじゃなくて」

「え？」

「じゃあ、ちょっと寄ってもいいですか？」

「なにが？」

「時間はとらせませんから」

そう言って彼は勝手に高速を降り、鬱蒼《うっそう》とした山道に車を押し込めていく。しばらくすると路肩に車を止め、「ここです」と運転席から下りた。先へと歩いていくので、僕は戸惑いながらも知らない背中についていった。

やがて展望台が見え、奥に街の明かりが輝いていた。そのきらめきは悠然としていて、さっき思い浮かべたどの光景とも違う、つつましい魅力があった。

「確かここらへん」

彼はフェンスを埋める南京錠を物色するようにかき分け、「あった！」と叫んだ。そしてポケットから真鍮《しんちゅう》の鍵を取り出し、南京錠のひとつにそれを差し込んだ。かちっと外れると、彼は嬉しそうに笑った。

「これ、あげます」

それはハート型の南京錠だった。

「いや、もらっても困るよ」

「そんなこと言わないでください、大事なものなんですから」

渋る僕に構うことなく、彼は無理やり南京錠を握らせ、「これ、加藤さんが次行ったところに、掛けてきてくださいね」と言った。

「なんで」

「いいですから。約束ですよ」

僕は握った手をポケットに捻《ね》じ込み、それも悪くないかと思い直す。街を眺めると、とある家の電気がぽっと光った。遠くから、バイクのエンジン音がする。

あとがき

書籍化にあたり二〇一六年からの全てのエッセイを読み返すなかで、古い日記を読むような照れ臭さを覚えつつも、こうして書籍になる喜びをひとしお感じています。思えば「キューバの黎明」の寄稿をしたときは連載はまだ始まっておらず、『できることならスティードで』というタイトルも名付けられる前でした。

僕が小説を書き始めたばかりの頃、偶然お会いした伊集院静氏から「三十五歳まではとにかく旅に行きなさい」という助言を頂いたことがあります。書く上で多くの見聞が必要なのは言うまでもありませんが、三十五歳という年齢はきっと氏の経験に基づく教訓なのでしょう。Trip 8でも書いたように、学ぶなら早いうちに越したことはありません。

そののちに図らずも、広義の「旅」というテーマを設けたこの連載を始めることとなりました。生来出不精の僕ではありますが、連載をきっかけに積極的に旅に行くようになり、三ヶ月に一度、思ったことを自由に書き綴ってきました。

そして今実感するのは、未熟な時期に多様な世界を見ておいてよかった、ということです。ときに青臭く、ときに迷い、ときに葛藤しながら書いたこのエッセイは、僕自身にとって非常に大切な記録となりました。

こうして振り返るとさまざまなことを思います。特に時間が経つことの残酷さには、胸を痛めずにはいられません。

祖父や事務所の社長が亡くなったことも私的には大きな出来事でしたが、世界全体をもってしても、キューバとアメリカの国交正常化は米政権が変わったことで振り出しに戻り、#MeToo 問題は収束の兆しなく、ノートルダム大聖堂の火事から半年後、同じように沖縄の首里城が大規模火災で甚大な被害を受けてしまいました。

エッセイを書いたときに願った祈りが届かないことも多々あり、激動の日々は今も落ち着くことなく、穏やかな日常の尊さを改めて感じます。

しかしそれが生きるということなんでしょう。大仰に聞こえるかもしれませんが、本当にそう思います。やってられないことばかりの人生を、次の目的地に思いを馳せることで豊かにできる力が人間にはあると僕はまだ信じています。

最後に、『できることならスティードで』を読んでくださった方、エッセイの右も左もわからない僕を根気強く支えてくださった担当編集さん、そしてこの書籍に登場した仲間たちへ。僕と一緒に旅をしてくれてありがとうございました。これからも共に先へ行けたらと思います。そのときまで皆さんが少しでも幸せでいられますよう。

では！　ハヴァナイストリップ！

二〇二〇年一月　ある機内にて

加藤シゲアキ

◆初出

Trip 0　キューバの黎明　「小説トリッパー」16年春号
（「私のTRIP体験」）
Trip 1　大阪　同16年冬号
Trip 2　釣行　同17年春号
Trip 3　肉体　同17年夏号
Trip 4　岡山　同17年秋号
Trip 5　ブラジル→京都　同17年冬号
Trip 6　ニューヨーク　同18年春号
Trip 7　時空　同18年夏号
Trip 8　小学校　同18年秋号
Trip 9　スリランカ　同18年冬号
Trip 10　渋谷　同19年春号
Trip 11　パリ　同19年夏号
Trip 12　無心　同19年秋号
Trip 13　浄土　同19年冬号

書籍化に際し、大幅に加筆修正を施しました
以下は書き下ろしです
Last Trip 未定
Intermission 1　がまし
Intermission 2　ヴォルールデアムール
Intermission 3　ホンダ スティード400
あとがき

◆参考資料

『日はまた昇る』アーネスト・ヘミングウェイ／高見浩訳／新潮社（新潮文庫）
『常用字解』白川静／平凡社
『それでもあなたの道を行け　インディアンが語るナチュラル・ウィズダム』ジョセフ・ブルチャック編／中沢新一＋石川雄午訳／めるくまーる
「U R not alone」NEWS（『NEVERLAND』所収）／作詞・作曲 GReeeeN　編曲 Tsubasa Takada
［Diosta inc.］・JIN／ジャニーズ・エンタテイメント
『日々の泡』ボリス・ヴィアン／曽根元吉訳／新潮社（新潮文庫）

加藤シゲアキ（かとう・しげあき）

一九八七年七月生まれ。青山学院大学法学部卒業。二〇〇三年十一月、NEWSメンバーとしてCDデビュー。一二年一月、『ピンクとグレー』で作家デビューを果たし、以降『閃光スクランブル』『Burn.－バーン－』『傘をもたない蟻たちは』『チュベローズで待ってる』と精力的に著作を発表。アイドルと作家、二つの世界で活躍を続けている。

できることならスティードで

二〇二〇年三月三十日　第一刷発行
二〇二〇年五月三十日　第三刷発行

著者
加藤シゲアキ

発行者
三宮博信

発行所
朝日新聞出版
〒一〇四−八〇一一　東京都中央区築地五−三−二
電話　〇三−五五四一−八八三二（編集）
〇三−五五四〇−七七九三（販売）

印刷製本
中央精版印刷株式会社

ISBN978-4-02-251669-5